黄金の屋形船
大仕掛け 悪党狩り2
沖田正午
時代小説
二見時代小説文庫
JN148058

目次

# 黄金の屋形船——大仕掛け悪党狩り２

# 第一章　行き倒れの娘

## 一

尺玉の花火が、夜空に弾けるたびに歓声が湧き上がる。

今宵は、隅田の花火大会。

この夜十町離れた神田川に架かる和泉橋あたりを、新内流しの川内屋弁天太夫と相方の松千代が、三味線を弾きながら歩いていた。こんな夜に、新内節に耳を傾けようという客など一人もいない。

日暮れどきから一刻半近くも経つが、今夜はお茶引きで終わりそうだ。新内の、お呼びがかからぬ愚痴を弁天太夫が即興で唄にする。

〽隅田の花火が　ぬしとの恋路に邪魔をする
　ああ　しょんない　しょんないねえ
　今夜は寝床で　ぬしの夢でも見ましょうか……

二人の息が合った三味線の音色が、今夜も大江戸八百八町の片隅に奏で渡るが、今宵は三十文の稼ぎにありつけそうもない。

これ以上語り流しても詮ないと、弁天太夫は三味線を弾くのを止めた。

「花火が相手じゃ、しょうがないな」

「三味線の音も、花火に消されますものね」

「そろそろ、店仕舞いとするか。早いところ帰って、一杯やりたいものだ」

「そのほうが、利巧ってものですわね」

「そうだな」

返す言葉と共に、弁天太夫は太棹三味線の一の糸を、自棄気味にべベンと鳴らした。

一晩中流し歩いても、お呼びがかからないことに、二人とも慣れっ子になっている。

だが、悔しいのはいつも同じだ。さっさと浜町堀は小川橋近くの高砂町にある我が家へと引き返すことにした。

町木戸が閉まる夜四ツに、四半刻(しはんとき)ほど残している。

　花火大会が跳ねても余韻が冷めやらぬか、まだ町屋には喧騒がいく分残っている。

　弁天太夫から本名に戻った鉄五郎(てつごろう)と松千代は、足を速めて浜町堀沿いを歩いた。

　高砂町の家から三町ほど手前の、日本橋富沢町(にほんばしとみざわちょう)と久松町(ひさまつちょう)を渡す、栄橋(さかえばし)に近づいたところであった。あたりに人だかりができ、提灯(ちょうちん)がやたらと明るく照らしている。

「お松、何かあったようだな」

　鉄五郎が、松千代の肩を叩いて話しかけた。

「ええ、そのよう」

　二人はさらに速足となって、人だかりに身を投じた。

　道端に、若い女が顔を横に向け、仰向けになって倒れている。

「誰か、この女の顔を知ってる者はいねえか？」

　町方同心が腰を落としながら首を捻(ひね)り、群がる野次馬の誰にともなく訊いた。だが、誰一人としてうなずく者はいない。

「まだ、若そう。娘さんみたい」

　松千代が、鉄五郎に小声で話しかけた。

「ああ、そうだな。十八、九ってところか、かなりの美人だぞ」

倒れている娘は、無残な姿である。花柄の半襟に薄桃色の長襦袢(ながじゅばん)一枚の姿であった。その上に、振袖を纏(まと)っていたのだろうが、周囲にそれは見当たらない。草履(ぞうり)も足袋(たび)も履いてなく素足である。足首までむき出しになり、両足の親指から土踏まずにかけて痛々しい擦り傷が見られる。まったく身動きもしない娘に、鉄五郎の首は傾(かし)いだ。

「死んでるのかな？」

松千代に向けた鉄五郎の問いが聞こえたか、同心から答が返ってくる。

「もう息はねえ。仏さんになってるぜ、この娘」

「殺されたんですかい？」

野次馬の一人が、同心に問うた。

「いや、分からねえ。殺されたにしちゃ、匕首(あいくち)で刺されたり殴られた痕(あと)もねえし……」

自問自答するような、同心の口調は聞き取りづらい。

「どこかから、着の身着のまま逃げてきたんだろうが、それにしても尋常じゃねえ姿だ」

戸板を担いだ小者に、同心が声をかける。

「どうやら、殺しの事件ではなさそうだ。病死だなこれは。仏さんを、富沢町の自身番に連れてってやってくれ」

「へい」

町方同心の決めつけに、小者の返事がそろった。

「病ではないぞ」

そこに、野次馬の中に交じっていた一人の侍から声がかかった。三十歳前後の、どこかの家臣とも思える風情（ふぜい）の侍である。界隈は浜町河岸で、大名家や旗本の家が建ち並ぶところだ。侍の姿は珍しくない。野次馬の中にも、刀を腰に帯びた侍が数人いる。

声をかけたのは、そのうちの一人であった。

「お侍さん、どういうことでございますか？」

「お役人、ちょっとこっちに来てくれ」

野次馬から離れて、侍が同心を呼んだ。小声なので、交わす言葉は周囲には聞こえてこない。侍が語り、町方同心がうなずく。すると、同心の顔が見る間に歪み、引きつっていくのが分かる。

「相対死（あいたいじに）のやりそこないって……片割れってことですかい？」

同心の声が、鉄五郎の耳にかすかに聞こえた。

「ああ、そういうことだ」

侍が、どういう言葉で説いたかまでは聞こえなかったが、町方同心の態度がこれまでとはがらりと変わった。

「おい、こいつを番屋まで運んどけ」

小者に同じことを命じるも、さっきとは明らかに語調が違う。同心の、死者に対する扱いがぞんざいとなった。

相対死は大罪であり、天下のご法度で固く禁じられている。死なば『遺骸取捨』となり葬儀、埋葬は禁じられ、遺体は人としての扱いがされずに廃棄される。たとえ死に損なっても非人身分となり、生きるも地獄の重い刑罰が科せられる。

「さあ、夜も遅え。野次馬は、帰った帰った」

同心が十手を振るって、野次馬を追い払った。いつの間にか、同心に話しかけた侍もいなくなっている。夜四ツに間がないこともあって、周囲に誰もいなくなった。鉄五郎と松千代だけその場に残り、引き上げようとする同心に声をかけた。

「死んでいた娘さんの身元は……？」

「そんなの分かるわけがねえ。いちいち相対死なんぞに、かまってられるか」

人間一人の尊厳が、相対死というだけでかくも軽くあしらわれる。町方同心のおざなりの検死に、鉄五郎は胸に不快なもの感じたがそれ以上は言葉を発することなく、戸板に載せられた娘の死骸に哀悼の手を合わせた。

「かわいそうな娘さん……南無阿弥陀仏」

松千代も、三味線を小脇に抱え合掌して娘の霊を弔った。


鉄五郎は、新内流しを生業としているが、裏には別の顔を持つ。

松千代と所帯を持ち、高砂町は小川橋袂の一軒家に住んでいるが本家は別のところにある。浜町堀の向こう側は大名、旗本の屋敷が並ぶ武家地である。その一角に『萬店屋』と呼ばれる超富豪の、敷地三千坪を擁する大きな屋敷があった。町人ながらも、その地に屋敷を構えることを許されている。本来鉄五郎はそこの住人で、しかも主人であるものの、住むことは頑として拒んでいた。

「――新内流しがそんな豪邸に住んでちゃ洒落にもならねえ」

というのが口実であった。

萬店屋とは、多角の事業を統轄するという意味で、その業種たるや多岐にわたる。呉服商、材木商、廻船問屋、両替商、石材屋、口入屋、建設業、水産市場、讀売屋等々まで手を広げる、一大集合事業体である。それぞれの業種の頭につく屋号は『三善屋』といい、創業以来それが店の通り名であった。

統帥と呼ばれる萬店屋の二代目が死んで、跡を継ぐ者がいなくなり、新内流しで糊口を凌いでいた鉄五郎に、三代目の跡目が回ってきたのである。

鉄五郎としては、萬店屋がもつ財産にはもとより興味がない。夜風が凌げ起きて半畳寝て一畳の隙間があればよし。そして、息ができるほどの飯が食えればよいという考えの持ち主であった。その信条は、数千万両の財産を引き継いでも変わってはいない。

鉄五郎は、萬店屋の統帥を引き継ぐにあたり、次のような三つの条件を出した。

一つ、新内流しをずっとつづけられること。

一つ、萬店屋の財を好きなように使えること。

もう一つは、嫁は自分で決めること。

そうして、相方の松千代を娶ったのである。

萬店屋の管理一切を任されている大番頭の多左衛門が、鉄五郎の出す条件をすべて呑んだのがこの年の如月、季節が春になろうとしていたころであった。

萬店屋を一代で立ち上げた、初代統帥の善十郎の五番目の子として、鉄五郎は生を受けた。上には兄三人と姉一人がいたが、異母兄弟であることと跡目騒動の禍根が残るということで、鉄五郎は七歳のときに奉公に出された。以来、母親の顔を一度も見ずに育ってきた。

幼いころより辛酸を舐め、鉄五郎は持ち前の腕っ節だけを生きる糧としてきた。喧嘩に明け暮れ、まだ二十歳にもほど遠い幼いころより喧嘩の助っ人として、やくざ無頼に身をおいてきた。江戸中の親分衆から、一目も二目も置かれる存在で幅を利かせていたころもあった。

そんな鉄五郎がやくざ渡世から足を洗ったのは、新内流しを耳にしたときからである。その旋律を、鉄五郎は、山谷堀沿いの日本堤を歩いていたところで聴いた。廓の女郎であった母親のことを知ろうと、吉原遊郭に足を向けていると、母親の源氏名が新内流しの詞となって聞こえてきた。それが、新内節との出会いであった。以来鉄五郎は新内節を極めるために、師匠徳次郎のもとに弟子入りをしたのである。

無頼で育ったものの、鉄五郎には信念があった。けして弱い者には手を上げず助けの手を差し伸べること。そして、人さまの物は盗まないこと。これは、母親からきつく戒められたことである。

父である善十郎も、たった十五歳で自分の店を立ち上げたときは間口二間の小店であった。端は萬物を扱う小物屋から営んだが、その商才はすぐに開花した。財を蓄えては店を買い取る。人々はそれを『乗っ取り屋』と蔑んだが、善十郎の心根は違ったようだ。商売が立ち行かなくなり、潰れそうな店に手を貸し、救ってあげる。萬店屋傘下の『三善屋』と屋号を変えて、どこも大店として生まれ変わった。そんな店が十五種の業界に亘り、本支店を合わせると百店以上にも達していた。それが、萬店屋と呼ばれる所以である。

財が財を呼び、今では萬店屋の財産は数千万両にも上るといわれている。跡目を継いだものの鉄五郎には、まったく金には興味がない。一節三十文で聴かせる新内流しのほうが性に合っていると、用事があるとき以外は萬店屋の屋敷には足を踏み入れようともしない。

相方の松千代も、鉄五郎のそんな生き方に惚れている。

萬店屋の統帥の女房になると知ったときは驚きもしたが、鉄五郎の男気は女無頼であった松千代にも通じていた。

「――鉄五郎さんがそうなら、あたしも女気を出さなくては」

鉄五郎に弟子入りをする前は、松千代は女だてらに鉄火場の壺振りであった。松千代も、十五歳にして女賭博師として鳴らした女である。それが十九のときに三味線の音に惹かれ、盆床から足を洗ったのであった。今でも、勇み肌の匂いを漂わす女である。

そんな二人が毎夜、江戸の町を三味線を爪弾き（つまびき）ながら新内を流して歩く。すると、いろいろ奇遇なことに出合うものだ。このたびも、たまたま栄橋の袂で身元不明の娘の不慮の死を見かけたのが、奇怪な事件に足を踏み入れるきっかけとなった。

二

家に戻ってから、晩酌をするのが鉄五郎のいつもの楽しみであった。二人で二合の安酒を、松千代が相手になって杯（さかずき）を交わし合う。仕事の疲れを労わ（いたわ）り合い、稼ぎがない日でも、笑い飛ばして英気を養う。だが、この夜の鉄五郎は浮かない顔だ。

「どうかしたのかえ、おまえさん？」

松千代の問いに、鉄五郎はぐっと酒を呷（あお）った。

「いや、あそこで死んでた娘のことなんだが……」

「相対死なんて、ずいぶんと馬鹿なことをしたものね」

「お松は、本当に相対死だと思っているのか？」

「だって、お役人がそう言ってたから」

「だったら、片割れの男はどこにいる。探さなくていいのか？　あの役人は楽をしようとしていやがる。どんな事であれ、人が一人死んだんだぞ。もっとよく、調べないでいいのか？」

「それが、相対死の悲惨なところなのよ」

「それにしてもなあ……」

鉄五郎は、得心のいかない顔だ。歪めた顔でぐっと酒を呷ると「そうだ！」と、一声発して杯を膳に置いた。

「お松は気づかなかったか？」

「どんなことだい？」

「あの娘の顔。いやに、唇が乾いてたみたいだったな」

「いやだよ、おまえさん。ずいぶんと、変なところを見てたんだねえ」

死んだ娘とはいえ、夫の目のやりどころにいい気はしない。言葉尻に、そんな松千代の思いがこもっている。そんなことには頓着（とんちゃく）なく、鉄五郎は言う。

「もう少し、娘の様子を見てあげればよかった」

「お役人に追い払われたんだから、仕方ないよね」

目の前で十手を振られたら、野次馬は現場から離れなくてはならない。鉄五郎と松千代は、まさに三味線を抱えた野次馬の立場であった。

「なんだか、このままにしておけないような気がしてきたな」

一人の娘の変死が、この夜の鉄五郎の寝つきを悪くさせた。

路上で命を落としていた娘のことが気になり、自分たちなりに調べたいと思ったからだ。町方同心は、相対死の片割れと踏んで探索はその場で打ち切りにしたが、鉄五郎は腑に落ちない。

「……朝になったら、番屋に行ってみるか」

隣で寝る松千代の寝息を聞きながら、鉄五郎が呟く。深い眠りに入ったのは、日付が変わる真夜中九ツを報せる、鐘の音が鳴り終わったころであった。

翌日の朝、鉄五郎と松千代は、娘が運び込まれた富沢町の番屋へと赴いた。

富沢町の番屋の腰高障子は、一日中開けっ放しである。

「ごめんくださいよ」

敷居の手前で、鉄五郎が中に声をかけた。すると、六十前後の見慣れた番人が奥から顔を出した。

「なんでえ、鉄五郎じゃねえか。松千代もそろって、朝っぱらから新内は聴かねえよ」

交わす言葉からして、よく知る仲のようだ。だが、番人は鉄五郎の本当の姿までは知らないでいる。萬店屋の統帥が新内流しと知られては、人々の興も冷めると思い、鉄五郎も隠せるだけ隠していた。

「新内を聴かせるために来たんじゃないですよ。ちょっとここに、娘さんはいませんかい？」

「娘……？　一人いるが、息はしちゃいねえよ」

「その娘さんに、用がありますもので」

「なんで新内流しの鉄五郎が、死んでる娘に用があるんで？」

「きのうの夜、栄橋の袂で見かけたもので……」

「だけどもう一件落着したと、八丁堀の旦那が言ってたぜ。相対死の片割れっていうじゃねえか。そいつの、何を探ろうってので？」

新内流しごときが口を出すところではないと、番人の不機嫌そうな顔が向いた。

「実は、あたしの知ってる娘さんによく似ていたようですので」

松千代が番人に向けて言った。

「なんだって……だったら中に入って、よく見てくれねえか。あと四半刻もしたら無縁仏として葬られるところだった」

相対死は、人としての尊厳は失われ、犬猫同様の扱いをされる。番人が無縁仏と言ったのは、少しは慈悲があるからだろう。

番屋の奥の土間に、戸板に載せられた娘の骸(むくろ)があった。

筵(むしろ)で覆われ、全身の姿は見えない。番人が近寄り、頭のほうから筵をめくった。あらわになった娘の顔に向けて、鉄五郎と松千代は心で念仏を唱えながら手を合わせた。

「ゆっくり見てやってくれ」

番人が遠ざかり、飲み残してあった茶を飲んでいる。

鉄五郎と松千代は腰を落とし、横たわる娘に顔を近づけた。

「かさかさに乾いて、唇が真っ白」

「皹(ひび)も入ってるぞ」

囁くように、小声で言葉を交わす。

「……ん？」

鉄五郎が何を思ったか、娘の口に鼻をあてた。

「どうかしたの、おまえさん?」

「お松も臭いを嗅いでみな」

松千代が、鉄五郎に倣(なら)って鼻を近づけさせた。

「饐(す)えた、変な臭いがする」

「なんなんだ、これは?」

「なんでしょう?」

この場では、二人に答が出ない。そこに、番人の声がかかる。

「どうだ、知り合いだったかい?」

その声を拍子にして、二人は立ち上がった。

「いいえ、違いました。よく似てましたけど……」

松千代が、首を振りながら答えた。

「この娘さんの身元は、本当に分からないので?」

鉄五郎が、念を押すようにして番人に訊いた。

「ああ。死に方が死に方なんでな、御番所のほうじゃたいして確かめずに処理したようだ」

町奉行所のことを、町人は御番所と口にする。

「左様ですかい。だったら、丁重に弔ってやってください」

今はこんな言葉しか出てこない。鉄五郎としては、娘にしてやれるこれが精一杯のことであった。

「ああ、あっしとしてはそうしてやりてえところだ。だが、いかんせん相対死の片割れではなあ」

あと四半刻もしたら、娘は番屋から連れ出され親元に帰ることなく、冷たい土の中に埋められてしまう。どうにもならない空しさが、鉄五郎と松千代の心の中を巡っていた。


重い足を引きずりながら、鉄五郎と松千代は高砂町の家へと戻った。

「どうだ、お松。あの娘に何か感じなかったか？」

畳の上に大の字になりながら、鉄五郎が松千代に問いをかけた。

「ええ。口から変な臭いがしてたけど、あれっていったいなんの臭いかしら？」

「さあ、さっぱり分からないな。いったいなんなのか、若い娘には相応しくない悪臭だったぞ」

「襦袢一枚で、裸同然の姿だったし……」

松千代が口にしたところで、鉄五郎は跳ねるようにして起き上がった。

「お松、これから出かけてくる」

「出かけるって、どこにさ？」

「甚八さんのところだ」

鉄五郎が言った甚八とは、萬店屋傘下の讀売三善屋の大旦那である。齢が十五歳も離れているが、鉄五郎と甚八は義兄弟の契りを交わしていた。甚八のほうが齢は上だが、鉄五郎は三善屋を束ねる統帥である。身分が上となるが、三善屋の旦那衆たちを、鉄五郎はそれなりに敬っていた。

「讀売屋に行って聞いてくれれば、何か知れるかもしれない。お松もいっしょに行くか？」

「いえ。あたしはこれから家の掃除もあるし、着物を洗わなくてはいけないから」

「そうだな。まだ、なんとも分かってないので、二人で行くこともないか」

松千代は新内流しのほかに、家事全般をしなくてはならない。その点自分は楽だと、鉄五郎は心の中で詫びた。

「それじゃ、行ってくる」

鉄五郎は、起き上がった足で大伝馬町の読売三善屋へと向かった。

読売三善屋と書かれた看板を見やりながら、鉄五郎は遣戸を開けた。すると、プンと墨の匂いが鼻腔をついてくる。

そこは讀売を刷る部屋で、相変わらずの忙しさである。

「早くしねえと、間に合わねえぞ！」

刷り場を仕切る親方の、怒号が響き渡る。この日の夕方に発行する讀売の、刷りにかかっているところであった。

鉄五郎が入っていっても、刷り方職人たちは目もくれようとはしない。鉄五郎は誰にも声をかけることなく、奥へと踏み入った。

これまでに、いく度も来ている建屋なので間取りは分かっている。一番奥の部屋に、大旦那の甚八がいるはずだ。甚八とは、この二月顔を合わせてはいない。その手前の部屋に記事取りたちが控え、原稿を書くところがある。鉄五郎はまず先に、その部屋の襖を開けた。

「あら鉄さま、お久しぶり」

鉄五郎の顔を見て、真っ先に声をかけたのは記事取りのお香代であった。鉄五郎を

『鉄さま』と、親しみ込めた呼び方をする。二十歳を少し過ぎたあたりの、目尻がいく分吊り上がった娘である。美人とはいえぬが目端が利きそうで、讀売屋に相応しい面構えをしている。利口そうだが、悪くいえば小生意気そうでもある。だが、鉄五郎もこの娘を、頼りになると気に入っていた。

「大旦那はいるかい？」

「ええ、一人だけ……暇みたいですわよ」

ああ言えばこう言う。相変わらず口が減らないと鉄五郎は苦笑った。

「今呼んできますから、客間で待っていていただけます？」

「ああ、そうするか」

ここの客間には、いつ来ても驚かされる。床は畳敷きでなく、臙色の毛氈の敷物が敷きつめられている。遠く西洋から取り寄せたジウタンという、毛羽立ったものである。そこに、そこにテブルといわれる四脚で支えられた大きな卓が載り、周りにはチエアという腰掛けが、八脚据えられている。

甚八を待つ間に、お香代が部屋へと入ってきた。

「大旦那様が、ちょっと待ってもらってくれと言ってました。どうぞお茶でも飲んで待っていてください」

お香代の手に、金属性の盆が抱えられている。それに載っているのは、テーカプといわれる取っ手のついた湯呑である。テーカプの脇に、銀色に光った小さな杓文字(しゃもじ)みたいなのが置いてある。スプンという物で、それに白く四角い賽子(さいころ)状の角砂糖が二個載っている。

鉄五郎はここに来て、テーを飲むのが楽しみであった。そこに、どこから仕入れたか、この日は平べったい小判形の菓子がついている。

「クツキといいまして、西洋のお菓子です。廻船問屋の三善屋さんからのいただき物です。おいしいですからめし上がれ」

廻船問屋三善屋も、萬店屋傘下である。

お香代が、愛想笑いを浮かべて菓子を勧めた。小判形のクツキを一枚取って、鉄五郎が口に含ませた。

「うまいな」

生まれて初めて味わう、食感と味覚であった。

「お松の土産(みやげ)に、何枚かくれないか？」

「どうぞ、どうぞ。あとで包んであげますわね」

お香代が、快く応じてくれた。

三

三枚目のクツキを頬張っているところに、甚八が襖を開けて入ってきた。

「ご無沙汰してましたな、鉄さん」

甚八は、鉄五郎を鉄さんと呼ぶ。五分と五分の義兄弟の契りで、互いに言葉の遠慮はなしにしようということになっている。

「こちらこそ、ご無沙汰してまして……」

それでも鉄五郎は、相手が十五も年上だとの遠慮が言葉の端々に出ている。

「それで、きょうは何か……？」

テブルを挟み、鉄五郎と甚八が向かい合った。

「甚さんは、こんな話を聞かなかったですかい？」

忙しいだろうと、鉄五郎はさっそく用件に入った。

「どんな？」

「きのうの夜、変死体がなかったかと」

「変死体……いったい、どういうことで？」

「実は……」

鉄五郎が、昨夜からの経緯(いきさつ)を語った。

「ほう、浜町の栄橋の近くで娘の遺体が……それが、相対死の片割れだと」

「さっき、娘さんが引き取られた番屋に再び行ったんだが、もうそこにはいなかった。それにしても、連れ出すのが早い」

鉄五郎が讀売三善屋まで出直す間に、娘は無縁墓地に運ばれたと番人が言った。

「死に方が死に方だからといって、いくらなんでも、そんな邪険に扱わなくてもいいだろうに」

鉄五郎の言葉に、憤りがこもる。

「そこが、相対死のし損ないの残酷なところよ」

甚八も、鬼瓦のような四角い顔を顰(ひそ)めさせ、不快そうな顔となった。

「本当に、相対死なんだか」

「鉄さんは、違うとでもいうのか？」

「どうも、腑に落ちませんでね。それで、ちょっと甚さんに訊きたいんだが……」

「ええ、なんでも訊いてくれ。なんなら、誰か呼ぼうか？」

自分より、記事取りのほうが詳しいだろうと、甚八が口にする。

「頼みますわ」

「ちょっと、待っててくれ」

と言って、甚八が出ていく。誰もいなくなった西洋の間を、鉄五郎が見回す。正面の壁に飾られる、世界の絵図に目が向いた。

「……日ノ本って国は、あんなちっぽけなもんなんかい」

日本の国土の小ささを、この絵図を見るたびに鉄五郎は言葉に漏らす。

「江戸なんて、針の先くらいの……」

ブツブツと、口にしているところに戸が開き、甚八とお香代が入ってきた。

「生憎と、お香代しか残ってないんでな」

「あいにくって何よ」

甚八の言葉に、お香代がふくれっ面になっている。返す言葉に、相手が大旦那という怯みはない。

「お香代は、きのうの夜にあったこんな事件を知ってるか？」

余計な言葉は省いて、鉄五郎が本題を語り出す。栄橋での娘の変死と、今朝方に番屋で見聞きしてきたことを語った。ただ、口の異臭のことはまだ話してはいない。

「ええ。その件でしたら浩太兄さんが書いてましたわ。今、外に出てていないけど。

そうだ、今刷り出しを持ってきます」

昨日の夜の出来事を、版木に彫って刷っている最中だ。お香代は、俊敏な動きでその一枚を取りに向かった。

「その事を、鉄さんは探ろうってのか？」

甚八の問いに、鉄五郎が小さくうなずく。

「ええ。娘さんのことを考えていたら、どうも寝つきが悪くて。だったら、本当に、相対死かどうかだけでも調べてあげようかと」

鉄五郎が答えたところに、お香代が戻ってきた。

「この件かしら……？」

お香代が、刷って間もない墨の匂いがする紙面を鉄五郎の前に差し出した。紙面の片隅に載った記事は、よく見ないと見逃すほどに小さい。

『昨夜　浜町堀栄橋近くで十八歳ほどの娘の変死体あり　身元は不明　北町奉行所は相対死の片割れとして処理』

たった三行の記事を、鉄五郎が声を出して読んだ。

「浩太兄さんはこの記事を、現場を見て書いたのではございません。今朝方、御番所に行って拾ってきたと言ってました」

お香代が、記事を補足するように言った。今朝方拾ったという記事がもう紙面に載っている。その迅速さに、鉄五郎はただただ驚くばかりである。

「だろうな。おれとお松が居合わせたときは、浩太はその場にいなかったから。それにしても、小さな記事の扱いだな」

「相対死のし損ないほど、末路が惨めなものはないですし、こっちもあまり書きたくないですわ。それに、大仰に扱うなとお役所からも言われてますし。浩太兄さんとしては、せめて身元不明の娘さんのご両親に伝わればとの思いで書いたのでしょう。そんなんで、他の讀売には載ってないと思います」

讀売三善屋の独占記事だと、お香代は胸を張った。

「それが、相対死ではないとおれは思ってるんだ」

まだ、肝心なことは話していない。これからが本番と、鉄五郎が居ずまいを正した。

鉄五郎の言葉に、甚八とお香代の、讀売屋らしい好奇な目が向いた。

「ほう。また、どうして鉄さんはそれと？　どこかのお侍の、証言があったんでしょうに」

「どうも、何か腑に落ちないところがあるもので」

「腑に落ちないって……？」

お香代が、怪訝そうな表情で訊いた。

「どうやら、このことに気づいているのはおれとお松だけらしい」

鉄五郎は、前置きから入った。

「このことってのは……？」

大きな図体を前にせり出し、鉄五郎の答を急(せ)かすように甚八が問うた。

「唇が乾いてたってのは、まだ話してなかったな」

「ええ、聞いてません」

お香代も興味が湧いているか、さらに目を吊り上げて聞いている。

「昨夜娘の遺体を見たとき、いやに唇が乾いていてな、だが、町方はそのことには一切触れもしなかった。そんなんで、朝になって番屋に行ったのだ。そして、娘の口に鼻を近づけてみると変な臭いがするんだ。溝(どぶ)の臭いってんだか、饐えた臭いってんだか、とにかく嫌な臭いだった」

「それって、なんなのかしら？」

「いや、分からない。口が臭いやつは世の中に一杯いるが、そんな臭いではなかった。おれも、初めて嗅いだ臭いだ」

「いったい、なんなのかしら？」

世の中の、流行り廃りには敏感な齢ごろだ。そんな世事に明るいお香代ですら、見当がつかないらしい。

「それでも町方は、気づかなかったのだろうか？」

甚八の問いであった。

「おそらく。もし気づいていたら、浩太もあんな記事を書かないだろう。それに、不審死として扱い、まだしばらくは遺体を番屋に置いておくはずだ。さっさと、葬りなんかしないだろ。なのに、これでこの一件は落着としちまうんだろうな、御番所では」

「家に帰ることもできないのですね」

「身元を明かすものは何もなかったし、どうもあの娘が気の毒でならねえ」

お香代の言葉に合わせるかのように、鉄五郎が言った。

理不尽なことにつき当たると、昔取った無頼の血が、滾ってくる。鉄五郎の言葉が、だんだんと荒くなってきた。

「そんでな、甚さん。おれはこいつを探ってみようかと思ってんだ。絶対に、相対死なんかじゃねえ」

「それはいいけど、どうやって？」

「そいつを、相談したいんだ。そうだ、お香代……」

「はい」

鉄五郎から名指しされ、お香代の背筋がピシッと伸びた。

「相対死なんかだったら、相手がいるはずだよな」

「ええ。必ず、相手の男がいるはず」

「昨日の晩、浜町界隈で心中を図り、死んだ奴はいないか調べられっかな？　侍以外でも、見た人がいるかもしれないしな」

いったいあの侍は、どこで心中を見たのか。それが分かれば話が早いのだが、生憎と鉄五郎の耳には入っていない。

「それだったら、分かった」

「よし、頼む。甚さん、しばらくお香代を貸してくれ」

「ああ、もちろんだとも。っていうより、この讀売三善屋は鉄さんのものでもあるんだ。遠慮することなんか、ちっともない」

「それにこれは、あたしたちの仕事でもあるわね」

甚八の言葉に、お香代が乗せた。

「そう言ってもらうとありがたい」

「なんなら、お香代のほかにもう一人つけようか?」

「いえ。まだ、そこまで踏み込むことはないでしょう。こっちも忙しいでしょうし、今のところはお香代一人で充分です。ただ、一つだけ浩太に聞いておきたいことがあるので、いつごろ戻ってきます?」

「一度出たら、なかなか戻らないから。夕七ツごろになるかしら」

まだ、正午にもなっていない。それまでは待てないと、鉄五郎は家に戻ることにした。

「浩太が戻ったら、お香代と一緒におれの家に寄こしてくれませんかね」

これは、甚八への頼みであった。

「よし、分かった」

甚八の返事を聞いて鉄五郎は浜町へと戻ることにした。夕七ツ半ごろに来てくれれば、半刻話し合っても新内流しの仕事にはつける。

## 四

夕七ツを過ぎても、浩太とお香代はやってこない。

「どうしたんだ、いったい？」

約束を守らぬ者たちではない。むしろ、鉄五郎から呼ばれれば、走ってくるほどの連中である。それは、萬店屋の統帥だからといって、けして阿るものではなく、純粋に鉄五郎を敬っているからだ。

昼と夜の境を告げる暮六ツの鐘が鳴り終わっても、二人が来る気配がない。

「ごめんよ、いるかい？」

代わりに来たのは、讀売屋の大旦那甚八であった。

「甚さん自ら……二人は、どうしたんです？」

「ちょっと大事件があってな。そっちのほうに、行かなくてはならなくなった。誰か報せに寄こそうとしたんだが、生憎みんなそっちに出払っちまってな、来られんのは俺しかいなくなったってことだ」

「それはそれは、大旦那様直々にご苦労さまです」

松千代が、甚八を労った。

「讀売屋で一番手が空いてるのは、甚さんしかいないからな」

鉄五郎が、笑みを含ませ松千代に言った。

「そんな、失礼な……」

「いや、よろしいんですぜ、お松さん。まったく鉄さんの言うとおりだから」

甚八も、四角い顔を緩ませながら答える。

「みんなが喜んで働くってのは、それだけ頭領がしっかりしてるってことだ。頭があくせくしてたんじゃ、下はどうにもぎくしゃくしていけない。そういうことですよね、大旦那」

鉄五郎が甚八を持ち上げる。

「俺は、つまらねえことでいちいち指図はしない。そいつはみんな、番頭の吉蔵に任せてある。だが、何かあったら俺がけつを取らなきゃならない。たとえそれで首を刎ねられようとも、いつでもその覚悟だけは持っているつもりだ」

そんな心根が甚八の度量の広さと、鉄五郎は買っている。

「いい心意気だと思う。そんな風だから、みんな安心して働けるんだろうな。甚さんみたいな心根を、三善屋の大旦那衆と旦那衆が全員持ち合わせてるから、萬店屋は大きくなったのだろう。そういった風に育てた親父を、今さらながら凄いと思う」

感無量の面持ちで、鉄五郎は口にする。

幼いときに自分を追い出した父親の善十郎を、鉄五郎はずっと恨みつづけた。その善十郎は生前、鉄五郎と松千代の新内節を、さしで聴いたことがある。そのときから鉄五郎は、父親のことを許すようになってきた。そして今では、心の師と崇めるほどである。

「それで、大事件てどんなことでしたの？」

話の向きを、松千代が変えた。

「御座船のような、豪華な屋形船に爆薬が仕掛けられたようで、それが爆発したってんだ」

「いや怖い。それって、廻船問屋三善屋の持ち船ですか？」

松千代が、顔を顰めて問うた。

廻船問屋三善屋では、船宿も経営する。柳橋や浅草の花川戸など、江戸内五個所にその船宿はあった。

「いや、三善屋でなくてよかった。そいつは、廻船問屋旭日屋の持ち船でな、やはり船宿も商っている。旭日屋は、浅草御蔵に近い浅草諏訪町に本店があり、その船宿で爆発があったってことだ」

廻船問屋の三善屋と旭日屋は、商売敵で張り合う相手である。その旭日屋の屋形船が一艘、夕七ツごろ大きな爆発音を響かせ木っ端微塵に吹き飛んだという。

「幸いにも誰も乗ってなくて、死者や怪我人はいないのでよかった。だが、大江戸の真ん中で爆破事件とは、こいつは一大事だ。そんなんで、浩太とお香代は現場へと向かわせた」

「そうだったのですか」

大事件とあらば、そちらが優先されると、鉄五郎は納得をした。

「死者や怪我人が出ないとはいえ爆破とは、たしかにこいつは大事件だ。大砲でも、射ち込まれたのですかね？」

戦国の末期に、大坂夏の陣で使われた大砲以来この国では爆破事件は起こっていない。二百年の平和を覆すほど、この国にとっての爆破は大事件であった。

「これで幕府も浮き足立つな。どこかの大名が、謀反を企てたとしか考えられんでしょうから。さもなければ、異国の船が攻めてきたとか」

鉄五郎の考えは、さらに飛躍する。

「まさか……もし、大名の謀反や異国船の砲撃だったら屋形船なんて、そんなちっぽけな物を吹き飛ばしはしませんよね」

「ああ。狙いは、千代田のお城に向くでしょうな」

甚八の答に、鉄五郎もうなずきながら腕を組んだ。

「だったら、なんでだ？」

「そいつを調べに、今みんなを向かわせているところで。何か知れるのは、あしたの朝になるな」

「ここであれこれ考えてたって、仕方ないですね」

甚八の言葉に鉄五郎は同調し、頭の中は行き倒れの娘に向いた。

「ところで、あの娘のことなんだが、甚さんはどう思います？」

「今のところ、なんとも言えんなあ。それにしても、ずいぶんと娘にこだわるな」

「いくら相対死とはいえ、あまりにも御番所の処理が早過ぎるんじゃないかと、ちょっと気になってましてね。身元を調べることなく、たった一夜でそんなに早く遺体を埋めちまうものなんですかね？」

「それが、相対死を企てた者の哀れなところでな。ご法度の見せしめってもんで、珍しいことでもなんでもない。それによく考えたら、夏場なんで遺体もすぐに片づけないと……そうだ、鉄さんが嗅いだ変な臭いってのは、そっからきたものなんじゃねえかな？　人は死んだら、腹の中から饐えるっていうから」

甚八の語りに、鉄五郎の気持ちも迷ってくる。

「大旦那様の、言うとおりかもしれませんね」

松千代の言葉が、鉄五郎の考えを変える。

「お松もそう思うか。となったら、おれの思い過ごしってことになるな。だけど、どこかにその娘の相手がいるんだろう。死んでるのか生きてるのか、いずれにしたって、卑怯な野郎だ」

「もう、あの娘さんのことは忘れたら。おまえさんがあれこれ考えてやったところで、生き返っちゃこないのだからさ」

「そうだな。おれがでしゃばったところで、どうにもなるもんじゃないか」

気持ちの中はうしろめたいが、こだわっていても埒が明くものではないと、鉄五郎は脳裏から娘の死に顔を消すことにした。

「せっかく来たんだ。ちょっと一杯やっていきませんか？」

たまには甚八相手にいろいろと話をしたいと、鉄五郎が誘った。

「いや、すまない。今夜は何があるか分からないから、戻っていてやらないと」

「そうでしたな。だったら、今度ゆっくり……」

「呑むのを楽しみにしているぜ」

甚八が言葉を返し、踵を返すように帰っていった。そして、鉄五郎と松千代には、いつもの夜となった。

「お松、今夜はどこらへんを流して歩く？」

そろそろ仕事に出かける頃あいだ。軽くめしを腹にかっ込み、鉄五郎が頭に吉原被りをこしらえて載せた。

「そうねえ、今夜も大川沿いは騒がしいでしょうから、日本橋の目抜き通りに向かって流してみますか」

「そうだな」

意見が合って、互いが三味線の棹をつかんだ。

萬店屋の統師という超富豪でありながら、夜な夜な一節三十文の稼ぎをあてにして新内を流して歩く。

高砂町の住処から、二町ほど離れたところで鉄五郎が太棹三味線を鳴らしはじめた。ベベンと一の糸から爪弾くと、松千代が二上がり調子の三味線を合わせる。

ザワザワと、夜になっても町屋が騒がしい。どうやら、屋形船の爆破事件が、町人たちの間でも噂となっているようだ。そんな喧騒に、三味線の音もかき消される。

「昨日は花火で、今夜は爆破か。これじゃ、仕事にならないな」

三味線の手を休めることなく、鉄五郎が松千代に話しかけた。

「まったくだねえ、おまえさん」

すると、鉄五郎が三味線に合わせて新内節を語りはじめた。

〽花火を相手に喧嘩をしても　音のでかさに敵いはしない
　しょせんあたしは三の糸　ぬしに聴かせるだけの糸……

鉄五郎が即興で詞を作る。その内容は、客のつかない愚痴っぽいものであった。

この夜も、一刻ほど歩いたが、お呼びのかかることはなかった。


それから五日ほどが経った。

お香代が心中事件を探るも、何も得るものはなかった。界隈で、心中を図った男女を見かけた者は、侍以外に誰もいない。片割れの、男の死骸が見つかった形跡もなかったと、お香代からの報せがあった。

これ以上足をつっ込んでも何も出ないだろうと、お香代は従来の仕事へと戻った。

屋形船の爆破事件に関しては、町奉行所はこんな見解を示した。

讀売の記事には、こう書いてある。

『隅田川花火大会の翌日に起こった屋形船の爆発は　破裂し損ねた一尺五寸玉の花火が原因とみられる』

夜空では不発の花火が、たまたま川面に泊めてあった屋形船に落ちた。それが何かの拍子で、翌日になって爆発したのだろう。どこの花火師が打ち上げた物かも分からず、結局は花火大会を取り仕切る頭領への厳重注意ということで、この一件は治まりがついた。ただ一つ変わったことといえば、爆発した屋形船は金襴豪華に装飾が施されたかなり高額なもので、旭日屋も大きな痛手を蒙(こうむ)ったという。

五

鉄五郎の頭の中から娘の件はすっかりと消え、さらに五日ほどの時が過ぎた。屋形船爆発事件のことは、世間もまったく話題にしなくなった。江戸市中が落ち着いてきたおかげで、鉄五郎と松千代の新内流しを呼び止める客も多くなった。

蒸し暑いこの夜、二人は少し足を延ばして、吾妻橋(あづまばし)の袂(たもと)の花川戸あたりを、新内節を弾き語りながら歩いていた。

「新内さーん……」

すると、小料理屋の女将(おかみ)からお呼びがかかった。日の暮れたばかりの、暮六ツから四半刻ほど過ぎたころに、この日口開けの客があった。

「幸先(さいさき)がいいな」

いつもより早い呼び込みに、鉄五郎と松千代は顔を見合わせてにんまりとした。これならば、一晩で百文以上は稼げそうだと顔は自然と綻(ほころ)んでくる。数千万両の財産を背負いながらも、百文という稼ぎに喜びを覚える。

――汗水垂らして稼いだ金は、格別だ。人から譲ってもらった金なんて、おれにはなんの価値もない。

鉄五郎には、いくら財産があろうと自分の為には一文も使わないという、曲げることのない信念があった。それは松千代も同じで、二人の普段の生活はかなり質素である。

「百文もあれば、うまいものが……」

「そんな贅沢しちゃいけないよ、おまえさん。新内流しでは、毎日稼げるってもんじゃないのだからさ」

鉄五郎の言葉は、松千代によってたしなめられる。

「冗談言っちゃいけねえ。江戸っ子に、銭を貯めろってのは野暮(やぼ)ってもんだぜ」

小料理屋の、暖簾(のれん)の外でのやり取りのところに、

「おまえさんがた、そんなところで何してんのさ。お客さんが、お待ちかねだよ。早

くお入りよ」

女将から声がかかった。それに促され、二人は小料理屋の暖簾を潜った。すると、奥の座敷から賑わう声が聞こえてきた。

「花火師たちの寄り合いでね……」

隅田川の花火大会から十日が経っての、打ち上げの席だと女将から聞かされた。賑やかな席に、浄瑠璃のような旋律は合わない。情緒を漂わせる新内節は、義太夫の浄瑠璃語りが元になっている。落ち着いた席で語るのが、似合っている。

「何をやろうか？」

鉄五郎は演目に迷い、松千代に訊いた。

「なんでもいいんじゃない。でなければ、あたしたちなんぞ呼ばないでしょうから」

「それもそうだな」

鉄五郎と松千代が、ひそひそと話し込んでいるところに、座敷から声がかかった。

「おーい新内さん、こっちだこっちだ」

印半纏を纏った花火師が、座敷の障子を開けて手招きをしている。

「へーい」

幇間みたいに、人に諂うような声を発して、鉄五郎と松千代が近づく。このときより鉄五郎は、川内屋弁天太夫と、芸の名に変わる。

「こんち、お呼びいただきありがとう存じます」

「新内さん、名はなんていうんだい？」

二十人ほどいる席である。床の間を背にする上座に座る、花火師の親方と思われる男から問いがかかった。

「へい、手前は弁天太夫で、相方は松千代と申します」

弁天太夫の言葉は、鉄五郎とはまったく逆にへりくだっている。

「どうも、若い者ばかりで落ち着かねえんでな、ここらでしっぽりとしたものを聴かせてもらおうと思ってな」

どうやら、新内を望んでいたのは親方だったらしい。

「でしたら、何かお望みの出し物でも……」

「いや、俺たちゃこんな無粋な者たちの集まりだ。そんなんで、出しもんはそっちに任せる。お涙物でもなんでもいいぜ」

どちらかといえば、新内節はしっとりと聴かせるものである。

「でしたら、こんなんでいかがでしょう？」

鉄五郎の出だしは、三の糸を押さえない開放から入る。トントンシャンと、三つ弾けば松千代もその出だしで出し物が分かる。
「大店の娘お春と出入りの大工芳吉の、添えぬ恋路を語るもので……大川端での逢瀬の段を一節語ります」
語りの導入部で、三味線を弾きながら一言添える。鉄五郎の先調子に、松千代の上がり三味線の息がピタリと合ったところで、語りが入る。

〽今宵の月があたしら照らす　はずかしゅうやへお月さん
あっちに行っておくんなせ　今夜は芳吉さんとのならぬ逢瀬
野暮なことはしんないせ　誰かに見られて困りゃんせ
ああ芳吉さーん
哀れお春と芳吉の　なせぬ恋路を　無下にも二人は引き裂かれ
この世に生きてなんとしょう　吾妻の橋から見下ろす隅田の川
流れの川の冷たさに……

しんみりと語る弁天太夫の端物に、意外にも花火師たちが黙って聴き入っている。誰一人、口を利く者はいない。中には、見習いと思われる若者もいる。うつむいて新内節に嗚咽を漏らす者もいる。こうとなったら、弁天太夫も松千代も調子に乗ってくる。

三味線が一層高鳴りをみせ、やがては隅田の流れのようにゆっくりとなった。緩急を効かせた三味線が佳境に入る。語りも、上がり調子で触りの聴かせどころとなった。

〽お春恋しや芳吉の　髷の乱れにいく筋も　頬に垂らしてあてどなく
　捜し歩いてはや十日……いったいお春はいずこに消えたやーら

三味線の余韻を残して、一節を語り終えた。

「お粗末さまでございました」

「いい、語りだったぜ。それで、いくらだい？」

「三十文でございます」

「そうかい。だったら、これで……おい、渡してやりな」

若い衆が、親方から受け取った代金を弁天太夫に手渡した。掌に載ったのは、小粒銀であった。それ一つで、八十文の価値を有する。

「お釣りがありませんで……」

「いいから、取っておきな」

倍以上の余禄であった。

「こいつは、申しわけございやせん」

弁天太夫と松千代が、腰を九十度折って礼を述べた。

世話になったと女将に礼を言い、鉄五郎と松千代は外へと出た。

「小粒銀とはありがたいな」

「それよりもおまえさん、花火師たちずいぶんとおとなしく聴いてましたね。あたしとしては、そっちのほうが嬉しい」

「ああ、そうだったな。あんなに真剣に聴いてくれるなんて、初めてだ。新内冥利ってなもんだ」

「この調子で、次に回りましょうかね」

「そうだな」

足取り軽く歩き出そうとしたところで、

「ちょっと、待ってくれやせんか」

背後から、若い男の声がかかった。振り向くと、見覚えのある顔だ。『光玉屋』と、襟に屋号が染め抜かれた印半纏を纏っている。花火師の中にいた、職人の一人であった。二十代半ばの、鉄五郎と同じ齢ごろに見える。

「何か、ご用でございますか？」

新内を聴いてもらった義理が残り、鉄五郎の返す口調は丁寧なものであった。

「引き止めちまってすまねえ。ちょっと、聞きてえことがあるんだが」

「へい、なんでございましょう？」

「さっき、太夫が語ってたあの演目なんだが……」

「それが、何か？」

「あの新内の語りは、誰が作ったんで？」

「へい、手前が作ったもので」

変なことを訊いてくるなと、鉄五郎は怪訝な面持ちとなったが、答える声音はすんなりと出た。

「何か、お気に障るところがございましたかい？」

「いや、そうじゃねえんだが」

言ったまま、花火師の言葉が止まった。何か事情がありそうだと、次の言葉が出るまで、鉄五郎と松千代は男の顔を黙って見やっている。

「すまねえ、実はな……あっしの名は、沢治郎ってんだが……」

名だけ語って、また言葉が途切れた。気風が売り物の職人にしては煮えきらない。

「沢治郎さんとやら、すまないけど手前らは先を急ぎますんで」

別に急ぐこともなかったが、そう言わないと沢治郎も切り出しづらそうである。そのきっかけを、鉄五郎が作った。

「すまねえな。言うかどうか迷ってたんだが……ちょっとあっしの話を聞いてくれねえか？」

「へい、よろしいでしょう。なんなら……」

往来の真ん中での立ち話はなんだと、三人は道端へと寄った。

「さっきあんたさんが語っていた、新内の詞に思うところがあってな……」

「思うところですかい？」

沢治郎の言葉を遮り、鉄五郎が訊き返した。

「ああ。あれは、本当に太夫が作ったのかい？」

「ええ。まったく手前の創作で……あれが、何か？」

「途中で終わったようだが、どういうわけで？」

「へえ。全部やると、かなり長いものでして。流しではいつも、その一部分を語りやす。最後までやっても、どうせ聴いてくれてちゃいやせんし」

「そうかい。だったら、最後はどんな終わり方なんだい?」

「へえ。こういった物語でして……」

詞の内容としては、恋仲の男女が引き裂かれて、女のほうは無理やりに大名の妾女(めかけ)にさせられ、哀れにも最後はその大名にいたぶり殺されるという、悲恋を物語る端物(はもの)であった。鉄五郎が一年ほど前に作った『夏夜空悲恋片割月ノ逢瀬』という演目である。最初から最後まで語ると四半刻もかかる大作である。今夜の語りは、その一幕で『隅田川の別れ』という部分であった。

鉄五郎は大まかの筋を語った。

「それで、何か思うところがありましたか?」

「いや、いいんだ。あんたの創作だと知れれば、それでいいってことよ。面白かったぜ、それじゃ、引き止めてすまなかったな」

「あっ、もし……」

鉄五郎が呼び止めるも、沢治郎は速足で戻っていった。

「なんだか、おかしな野郎だな。何か事情があったんだろうが、思い返したように引き下がっていった。いったい、なんだったんだろうな?」

小首を傾げながら、鉄五郎は松千代に訊いた。

「さあ。何か事情(わけ)でも話してくれるかと思いましたが……気が変わったようでしたね」

「まあ、なんでもいいや。さあ、次に行こう」

このときはさして気にもせずに、鉄五郎と松千代は次のお呼びがかかるまで界隈を流し歩いた。

## 六

そんなことがあって、二十日ばかりが経った。

暑い夏が盛りを過ぎ、そろそろ秋めいてこようかという季節の移ろいであった。

暦(こよみ)も八月半ばとなり、日が暮れれば中秋の名月が東の空にぽっかりと浮かぶころのこと。そんな日の夕七ツどき、日本橋近くに用足しに出ていた松千代が、血相を変えて高砂町の家に戻ってきた。

戸口の三和土(たたき)に、草履(ぞうり)をそろえることなく松千代が、奥の居間へと駆け込んできた。

「どうした、お松？　おまえがそんなに慌てるなんて、珍しいな」

三味線の音を調えていた鉄五郎が、落ち着いた口調で問うた。

「おまえさん、これを読んでおくれな」

松千代の手に、三善屋でない他所の讀売が丸められて握られている。それを広げて、鉄五郎に手渡した。

「なになに……賽銭泥棒が捕まって……」

「そんなところじゃないよ。ここを読んでごらんよ」

焦れた口調で、松千代が肝心な部分に指先を向けた。

『あわれ娘　変わり果てた姿で……』との見出しに、鉄五郎の目が止まっている。

「おまえさん、この見出しに覚えがないかい？」

「ああ……お松、ちょっと黙ってろ」

鉄五郎の目は、その部分に釘付けになっている。面相も、真剣そのものだ。

「……これって」

呟きも、漏れて聞こえてくる。

記事を読むと、まさに一月ほど前に栄橋で目にした出来事と状況が同じ、身元不明の娘の不審死である。栄橋の娘と若干違うのは、死んでいたのは薬研堀に架かる、元柳橋近くの大川端であり、病死として処理されているところだ。相対死の片割れではない。それでも鉄五郎の脳裏に、遠くに追いやられていた記憶が蘇った。

「栄橋と元柳橋は、さほど遠くはないな」

同じ浜町の地域内だ。武家地を挟んで、五町と離れていない。

外に目を向けると、日が沈むにはまだ間が充分にある。

「お松、今夜の新内流しは取り止めだ。甚八さんのところに行ってくる」

「あたしも行こうかね？」

「いや、おれ一人でいいだろう。このところずっと出ずっぱりだったから、お松はゆっくり休んで名月でも愛でていてくれ」

「そうかい。だったらあたしは、名月相手に三味線でも聴かせてやるよ」

「ああ、そうしてくれ」

言いながら鉄五郎は、出かけの着替えを済ませた。千本縞の小袖を着流し、献上柄の角帯をキリリと締めて仕度が調った。三味線を持たず、代わりに讀売の紙面を畳んで懐に入れた。

大伝馬町の讀売三善屋の前に立つと、無造作に腰高障子を開けた。

「入るよ」

「おや鉄五郎さん、いらっしゃい」

珍しく、刷りの親方から声がかかった。いつもなら、発行前の刷りで気が立っている。この日は一段落しているのか、やけに愛想がよかった。

「大旦那は、いるかい？」

「どうだか……」

「さっき、出かけたようですぜ」

親方の代わりに、刷り方の職人が答えた。鉄五郎が、萬店屋の統帥であることは讀売屋の全員が知っている。だがそれは、絶対に他人には言うなと、甚八の口から固く言い含めてある。故に、畏まることもないと告げてある。なので、応対はざっくばらんで、誰もが気さくなものであった。

「番頭さんなら、いると思いますぜ」

大旦那甚八の片腕となって働く、吉蔵という番頭がいる。「――吉蔵がいるから、俺も安心していられる」と、甚八が全幅の信頼を置く男だ。鉄五郎も、その手腕に一目置いている。

「だったら、吉蔵さんとでも話すとするか」

誰に案内させるでもなく、鉄五郎は奥へと入っていった。

例の西洋風の部屋でしばらく待たされるも、テーとクッキのもてなしで鉄五郎としては飽きはしない。いつものように、ぼんやりと世界の絵図に目を向けていると、襖が開き吉蔵が入ってきた。

「申しわけございません。待たせてしまいまして……」

腰を低くして、吉蔵が詫びを言った。

「いや、こっちこそ忙しいところすいません。ちょっと、こいつのことで訊きたいと思いまして」

かなり多忙な吉蔵である。問われるまでもなく、鉄五郎から用件を切り出した。懐から讀売を取り出し、テブルの上に広げた。

「これは、他所の讀売なんだけど……お松が買ってきましてね」

「これが、何か？」

吉蔵が、紙面に目を向けながら訊いた。

「ここに、こんな記事が載ってます」

鉄五郎が、その個所に指先をあてて言った。

「ああ、この一件ですか。でしたら、三善屋（ここ）でも取り上げてます。たしか、お香代が取り扱った記事だと……ちょっと待ってくださいよ」

言って吉蔵が部屋から出ていくと、さして待たされることなく戻ってきた。

「これでございますな」

他所の紙面の脇に、並べて広げられた。しかし、事件の内容はほとんど同じ文面であった。

「お香代がこれを書いたので？」

「ええ」

「ならば、お香代らしくないな。ちゃんと身元を調べないで載せるなんて」

「そう言われれば、いい加減とも思われますな」

だが、一つだけ記事の中で気になる言葉を鉄五郎は見つけた。

「お香代は、今いますか？」

「出払っていますが……おっつけ、戻ると思います」

「ならば、待たせてもらいます。ところで番頭さんは、この記事に思い当たる節はないですか？」

「いいえ。事件性もないようですし……」

「そうですか。おれは、この記事を読んですっ飛んでここに来ましたけど」

「と申しますと……？」

「一月ほど前、おれがここに来たことがあったでしょ。浜町堀の栄橋の袂で死んでた身元不明の娘のことで」

「ああ、聞いたことがありますな」

「あの一件と、これが似てるとは思いませんかね」

「そういえば……すっかりと、忘れてました」

吉蔵の顔色が、いく分変わってきている。

「忙しさにかまけ……」

すっかり失念していたと、恐縮している。

「それは仕方ないですね。いろんなことで、番頭さんの頭の中は一杯でしょうから。その点おれは普段は暇だから、ちょっとしたことでもすぐに思い出せます。それにしても、お香代はなんで気づかなかったのかな？」

吉蔵はともかく、お香代がすぐに気づかないのが不思議であった。相対死の片割れを調べたこともあり、少しは以前の事件に関わっていたからだ。

「そいつはなんとも、お香代に聞かないと分かりませんですな」

日は西に大きく傾き、三々五々記事取りに出かけていた連中は戻ってきた。だが、お香代だけはなかなか戻ってこない。

「どうせ、今夜の新内流しは休みです。もう少し、待たせてもらいます」

「でしたら、浩太を相手に話でもしてますか？」

一人では退屈だろうと、吉蔵が気を利かせた。

「浩太だって、忙しいでしょ」

「いえ、もう一息ついたみたいですから」

「ならば、早く帰って一杯やりたいのでは？」

自由の時を邪魔しては悪いと、鉄五郎のほうが遠慮した。

ずっと鉄五郎の相手はしていられないと、吉蔵は仕事場に戻っていった。そして、しばらくすると、コンコンと襖を叩く音が聞こえてきた。西洋人のたしなみで、それをノックというらしい。

「どうぞ……」

鉄五郎が返事を投げた。すると、襖が開き入ってきたのは浩太であった。

「統帥……いや、鉄さん、ご無沙汰しております」

三善屋の店内ではどこも、鉄五郎のことを統帥と呼ぶのは禁止している。そう呼ばれるのは、萬店屋の広い屋敷の中と旦那衆を相手にしたときだけである。

「お香代に用があってな、待ってるところだ」

「分かりました。手前も、鉄さんと話がしたかったもので……」

「すまないな、浩太。早く帰って、一杯やりたいだろうが」

「とんでもないです。ところで、お香代に用事というのは？」

　ちょうど、讀売の紙面が二枚並べておいてある。

「この記事は、お香代が書いたんだってな。それと、これは他所の記事だ。これを読んで、浩太に思いつくことはないか？」

「ええ。ちょっと気になることがあったんですが……そうだ、一月ほど前の浜町の一件は、鉄さんも関わってましたね」

「そうなんだよ。あれと、似ていると思わないか？」

「たしかに……」

「だったら、なんでお香代は気づかないんだろう。もっと、目端が利くと思ってたがな」

「それもそうですね。手前がこの記事を扱ったら、真っ先に鉄さんに報せるが。お香代のやつ、気が利きませんね」

「いや、何か理由でもあるんだろ。お松ですら、この讀売を読んで駆け戻ってきたくらいだから」

「お松さんが、この讀売を買ってきたんですかい？」

「ああ、日本橋の袂で売ってたらしい。すぐに、一月前の一件を思い出したってことだ」

「そうですかい。さすが、姐さんだ」

浩太は、自分より二歳ほどの下の松千代を、姐さんと呼んで慕っている。

「それにしても、なんでお香代は鉄さんにこのことを……」

報せなかったと言おうとしたところで、襖が音を立てて開いた。すると、お香代が息急切って入ってきた。この娘には、ノックをするというたしなみがない。それほど天真爛漫な性格を、むしろ鉄五郎は気に入っている。

「鉄さま……」

お香代の息が荒いので、急いで戻ってきたことが知れる。

「せっかくお宅まで行きましたのに……」

どうやらお香代は、高砂町の鉄五郎の家に行ったらしい。

「お松さんから讀売屋に行ったと聞きまして、急いで戻ってきたんですよ」

「そいつはすまなかったな。おれも、お香代に急ぎ話したいことがあってな」

「それは、お松さんからお聞きしました」

松千代に、家にいてもらってよかったと、鉄五郎はほっと一息漏らした。

「まあ落ち着いて、お香代の息が調ったら話をしよう。そうだ、二人とも腹がへってねえか？」

暮六ツを報せる鐘の音が、遠く聞こえてくる。西洋の間にも飽きたし、ここで話し合うのも無粋であると、鉄五郎は浩太とお香代に夕飯を奢（おご）ることにした。

「何が食いたい？」

「だったらあたし、鰻（うなぎ）がいいな」

お香代が、遠慮の微塵もなく言う。鉄五郎を、超富豪と見ているからだ。

「よっしゃ。特上の鰻を奢るとするか。酒もつけるぞ」

鉄五郎も、普段の生活はつつましいながらも、出し渋っていては他人（ひと）はついてこないと、このようなときは太っ腹になる。

場所を変えようと、立ち上がった。

# 七

近くの料理屋に部屋を取ると、座卓を挟んで向かい合った。

鉄五郎の対面に、浩太とお香代が並んで座る。鰻が焼き上がるまで、四半刻ほどの時を要す。酒もそれに合わせてくれと、伝えてある。その間を、讀売の記事のことで使うことにした。

何もない卓の上に、二枚の讀売が並べて置かれた。

「これに書かれていることと、一月前の栄橋であった娘の死と、どうだ似ていると思わないか？　違うといえば、相対死と病死ってことくらいだが」

記事に指先を向け、鉄五郎が切り出した。

「お香代がそれに気づけば、おれのところにすっ飛んできたと思うんだが。お松でさえ……」

「それは、いろいろ調べた上でと思いまして。それで、今しがたお宅のほうに行って、鉄さまの意見を聞こうと」

「なるほど。それで……？」

「そのことなんですけど、鉄さま」

　お香代が、一膝進めて口にする。

「この事件があったのは、一昨日（おととい）の晩でした」

「お香代は、そのとき現場にいたのか？」

「はい。おとといの宵（よい）五ツごろ、本所からの帰りに両国橋を渡っていると、元柳橋から少し下流の大川端に御用提灯が集まっているのが見えまして、何事があったかと近づいたのです。そうしたら、娘さんの行き倒れだと。だけど、あたしが現場に着いたときは、娘さんの遺体はすでに運ばれたあとでして、お顔は見ていません」

「それにしても、おかしいな。夜も更（ふ）けようかというそんな刻限に、若い娘が独りでもってそんな寂しいところを歩いているかい？」

　鉄五郎も、その付近には詳しい。春先の寒い時期に、母子心中を助けたことがあった。

「そういったところもおかしいですよね。武家屋敷裏の、夜ともなれば滅多に人が通らないところである。だけど、まったく外傷はないし、着物の乱れもなかったってことです。なので、暴漢に襲われたとも考えられない」

「だとすれば、やはり突然襲った病（やまい）での行き倒れ」

　浩太が、ポツリとした口調で言った。

「娘さんの死は、心の臓の発作ってことで片付けられたけど、それっておかしいでしょ」

「若い娘でも心臓発作なら、稀にあるだろうから……」

浩太が、お香代の話に反論した。

「それだけでしたら、あたしも首を傾げたりしません。でも、歩いている途中で病気で倒れたとしたら、身元不明ってのはおかしいでしょ。なにか身元を示す物を持ってるはず。手提げ袋とか、巾着袋とか。そういう物が、一切なかったのです。ずいぶんと、おざなりの調べと思いませんか？」

「そんなところも、一月前の娘の件と似ているよな」

相対死だと言って片づけた、町方役人の顔を鉄五郎は思い出していた。

――役所ってのは、ずいぶん杜撰なもんだ。

思いを内に伏せて、鉄五郎の顔がお香代に向く。

「だけど、身元を示す物は何もないってのもおかしい」

この点も、栄橋の娘の件と被っている。お香代の記事で、鉄五郎が気になっていたことだ。

「娘さんの身元は、不明ということでお役人は済ませました。ならば、あたしが身元を探ってやると、まず先にそっちのほうに取りかかったのです」

「誰だった？」

鉄五郎が、急かすように訊いた。

「いえ、まだ分かりません。ですが、この娘さんにはいい人がいたみたいで……」

「どうして、それが分かった？」

「先ほど、現場に行ったのです。そうしたら、土手の草むらの中に櫛が落ちていて。落としたばかりのようで、汚れもなく死んだ娘さんの物と思いました。その櫛の模様に特徴があって、それを作った職人をあたし知っているのです。以前に『職人の手』って記事を書いたとき、聞き込んだことがありましたから。その櫛職人から、櫛を頼んだ男の人が割り出せたのです」

「男から、娘に贈られた物か？」

「そうでしょうね」

二月ほど前、櫛職人のところに職人風の男が来て、その櫛を一両で買ったという。

「その男というのは？」

これが知れたら、大きな手がかりになりそうだと、鉄五郎は上半身をせり出した。

「はい。気風のいい男のようで、花火職人の沢治郎って……」

「沢治郎だって？」

「ご存じの方で？」

お香代が問うたところで、障子戸の向こうから声がかかった。

「おまちどうさまでした。鰻が焼きあがりましたので……」

仲居の声であった。


特上の鰻を前にしても、鉄五郎の箸が進まない。

頭の中では、二十日ほど前に小料理屋の前で交わした沢治郎とのやり取りが巡っていた。鉄五郎が語った新内流しの詞に、何か覚えがあったようだ。それが、娘の死と関わりがあるのかどうか、鉄五郎はそれを結びつけていたのだ。

「鰻を食べないので？」

だったら、自分が貰うと浩太が箸を出した。

「駄目だ！」

鉄五郎の一喝で、浩太の手が引っ込む。

「……いかんな。どうも、考えがまとまらん」

恫喝（どうかつ）は、どうやら自分自身に向けたらしい。鉄五郎の口から呟きが漏れた。そして、我を鰻に戻すとむしゃぶるようにかぶりついた。

「いちいち考えていても、しょうがないな。あした、光玉屋をあたるとするか」

印半纏の襟に染め抜かれていた屋号から、沢治郎のことは調べられる。

「亡くなった娘さんの、お相手の方をご存じなのですか？」

鉄五郎の杯に酒を注ぎながら、お香代が問うた。

「ああ、先だってこんなことがあってな……」

新内流しで呼ばれた、花火師の打ち上げの席でのことを語った。

「鉄さまの新内節の語りを聴いて、その沢治郎ってお方が……それじゃ、思い至るのも無理はございませんね」

「なので、あしたの朝にでも光玉屋に行ってみるわ。ところで、光玉屋ってどこにあるのか知ってるか？」

「ええ、遊郭の先の吉原田圃（たんぼ）の中。火薬を使うので、人里離れたところに作業場があるのです」

物知りの讀売屋に訊きけば、すぐに答が返る。

「そういえば、花火大会の翌日に花火の不発玉で、屋形船が爆発しただろ。それってのは、光玉屋の花火だったのか？」

「いえ、それはなんとも分からないと」

　これには、お香代が答える。

「江戸中の花火師が集まってのことですから、どこの花火なのか定めることができなかったと。不慮の事故として、片づけられました」

　その後、何も騒ぎがなかったのはそのためかと、鉄五郎も得心ができた。

「浩太かお香代のどちらかあしたの朝、光玉屋におれと一緒に行かないか？　いい記事取りになるかもしれんぞ」

「だったら、お香代が行ってくれ。俺はどうしても行かなくてはいけないところがあるんで」

「分かりました。あした、鉄さんと行ってきます。そうだ、娘さんのことですけど」

　お香代が思い出したように、話の先を変える。

「先ほど、娘さんが置かれている番屋へ行ったのです。そうしたら、とっくに片づけられた後でした。どこに連れていかれたのか訊ねたのですが、番人の方は分からないと」

「そいつはおかしいな。ずいぶんと、片づけるのが早いぞ」

「あたしもそう思いまして。これは何かあると踏んで、それで真っ先に、鉄さまと……」

二人の娘の不審死が、鉄五郎の鎌首を持ち上げさせた。そして、事件はこれだけで済まない。今、三人が鰻で腹を満たしているちょうどこのとき、大川は向嶋の土手の草むらで、一人の男が無残な死を遂げて横たわっていた。

# 第二章　黄金の屋形船

## 一

翌日の朝から、鉄五郎は動いた。

お香代とは、両国広小路（りょうごくひろこうじ）の袂（たもと）で落ち合った。吉原田圃（たんぼ）に行くには舟のほうが早いし楽だ。廻船問屋三善屋が営む船宿で猪牙舟（ちょきぶね）を雇い、大川から山谷堀に入り吉原遊郭へと向かう。

「鉄さまと、舟旅なんて楽しい」

「ばかやろ。物見遊山（ゆさん）に行くんじゃねえや」

お香代の軽口は、鉄五郎にたしなめられる。

猪牙舟は大川を遡（さかのぼ）り、吾妻橋を潜（くぐ）る。そして、十町も進んだところに今戸橋（いまどばし）が山谷堀の吐き出しに架かっている。その手前、一町ほど来た向嶋の弘福寺牛ノ権現の裏手の土手に、十人ほどの人が群がっている。六尺の寄棒を手にしているところは、町方の小者役人たちのようだ。

「何か、あったのかな？」

舟の上から、土手を見やりながら鉄五郎が言った。

「なんだか、人が死んでるみてえですぜ」

猪牙舟の艫で櫓を漕ぎながら、船頭が口にする。すると、猪牙舟の速度が落ちた。近づいてくれと、鉄五郎が言ったからだ。

「へい……」

一町の川幅を横切るように、舟が対岸に近づく。土手にはつけずに、川から様子を見ることにした。そこからなら、役人たちの邪魔にはならない。

「男のようだな」

莚が被せられているので、顔は見えない。だが、莚からはみ出している足は、まさしく男のものであった。だが、齢恰好までは分からない。子供でないのは、たしかだ。

「訊いてみましょうか？」

「そうだな」

両手で口を覆い、精一杯の声を飛ばす。

「殺しですかー?」

つっ立っている小者役人の一人に、お香代が声をかけた。讀売の、記事取りらしい問いが向嶋の土手に届く。

「………」

しかし、返事はない。

「おいくつくらいのお方が、亡くなってるのですかー?」

さらに、お香代がつっ込む。それでも、答が返ってこない。だが、こんなことで怯むお香代ではない。

「お侍ですか、町人ですかー?」

「うるさいから、あっちにいけー」

ようやく、土手のほうから声が返ってきた。しかしお香代は怯まない。記事取り魂がそうさせる。

「船頭さん、土手につけてくれる」

船着場が近くにないので、いく分平らになった川岸へと船頭は舳先を向けた。

「駄目だ。近づいてはならん」

十手を翳して、町方同心が上陸を遮る。その顔を見て、鉄五郎は「おや？」と思った。一月前に一度会っている、栄橋の袂にいた同心であった。相手のほうは、鉄五郎を見てもなんら表情に変化がない。忘れているのだろうと、鉄五郎は思った。

「猿渡の旦那じゃございませんか？」

お香代が知る、定町廻り同心のようだ。

「なんだ、三善屋のお香代か」

言葉が交わせるまで、舟が近づいている。

「どなたが亡くなっているのです？」

「いや、身元不明で分からねえ。顔も潰されているし、酷え殺され方だ」

「ちょっと、仏さんを見せてもらっていいですか？」

「いや、よしたほうがいい。見ても顔が分からねえし、気分を悪くするだけだ。ただ、町人だってことは教えといてやる」

「おいくつくらいの方で？」

「そうだな。体つきからして二十から三十って……」

猿渡の言葉はここまでであった。手先の岡っ引きが、呼びに来たからだ。

「お香代、先を急ごう」

讀売の記事取りとしてはもう少し居座りたいだろうが、光玉屋の沢治郎と会うほうが先だ。舟の舳先は向きを変え、山谷堀の吐き出しへと向かう。

遊郭吉原に向かう水路である。朝のうちなので、廓で一晩過ごした客を乗せた川舟といく艘もすれ違う。

「みな、疲れた顔の人ばっかり」

お香代が、娘らしからぬ軽口を言った。

吉原遊郭手前二町のところに、日本堤に上る桟橋（さんばし）がある。そこで舟を降り、吉原遊郭へは徒歩となる。船頭を待たせて、鉄五郎とお香代は日本堤を遊郭に向けて歩いた。

すると、遊郭入り口に『見返り柳』と呼ばれる柳が一本立っている。左に曲がれば、衣紋坂（えもんざか）を辿って吉原大門（おおもん）がある。鉄五郎とお香代は、大門とは逆の方向に道を取った。

吉原田圃をつっきり浅草山谷町に向かう道で、すぐに山谷堀に架かる橋がある。田圃の中に、元吉町（もとよしちょう）という町屋が見えてきた。そこから少し外（はず）れたところに、土塀で囲まれた建屋がある。山谷堀を越えたあたりの道からも、見渡すことができる。

「あそこが光玉屋の花火工房です」

お香代が、遠くに見える建屋を指差して言った。

花火の季節が過ぎて、工房の中は閑散としている。忙中期ならば、そこは手伝いの人たちでごった返している。

鉄五郎は、火薬の臭いを間近で嗅いだのは初めてである。硫黄と鉄の錆が混じった臭いが、真っ先に鼻をついた。

十人ほどの職人が一塊になって、作業をしている。差し渡し八寸ほどの玉が真っ二つに割れ、その中に大小の丸薬を詰めている。

「花火を作っているところなの」

物知りのお香代が、小声で講釈を打った。

「どうだ、こんなところでいいだろ」

花火が出来上がったか、職人の声が聞こえてきた。そこに、お香代が声をかける。

「お忙しいところ、ごめんなさい」

花火職人たちの顔が、一斉に向いた。十人の中に、沢治郎の顔はない。

「沢治郎さんってお方はおられませんか？」

お香代が、誰にともなく訊いた。

「おや、どっかで見た顔だな」

お香代の問いに答えるでもなく、職人たちの目は鉄五郎に向いている。鉄五郎も、その中のいく人かの顔に覚えがあった。

「その節は、どうも」

鉄五郎が、小さく腰を折った。二十日ほど前に、小料理屋で鉄五郎の新内節を聴いていた男たちだ。

「……それで、お互いに知っていたのね」

お香代の呟きが、鉄五郎の耳に入った。

「そういうことだ」

鉄五郎が、小声で返した。

「新内さんが、沢治郎になんの用事だい？　おや、この娘さんは相方とは違うな」

「あたしは、讀売三善屋の記事取りで香代と申します。沢治郎さんに、ちょっとお聞きしたいことがございまして……今、どちらにおいでなのでしょう？」

聞き取りの口は、お香代のほうが達者である。鉄五郎は、ここはお香代に任せることにした。

「いや、分からねえ。どこに行ったんだか、きのうから来てねえんだ。あっしたちも、沢治郎が来ねえんで困ってるんだ。来年の花火を今のうちに仕込んでおかねえといけねえんでな。今、その作業をしていたところだ」

「そうだったのですか。それは、お忙しいところ……」

お香代が、詫びを言ったところであった。

「どちらさんで？」

背後から、太い声がかかった。鉄五郎が振り向くと、四十代半ばの男が驚いた顔を見せている。

「おや、あんたはあのときの新内さん」

鉄五郎を宴の席に呼んだ、花火師の親方であった。

「どうしてあんたがここに……？」

「あの席の帰りしな、沢治郎さんから呼び止められまして……そのことで、訊きたいことがありまして……」

「訊きたいこと？　ちょっと、こっちに来てくれないか」

日焼けした親方の顔が、いく分曇りをもった。鉄五郎とお香代を、作業場とは離れた部屋に誘った。

「あっしは光玉屋の番頭で、花火を作るほうを受けもつ喜兵衛(きへえ)っていいやす。あんたさんはたしか、弁天太夫……」

「芸の名はそうですが、本名は鉄五郎といいます」

「それで、こちらさんは？」

「あたしは、讀売三善屋の記事取りで、香代と申します。どうぞ、よしなにお願いします」

喜兵衛とは、これからいく度も会うと感じたか、お香代はことさら丁寧な言葉を返した。

新内流しと讀売の記事取りでは、なんとも関わりがつかめないといった思いが、喜兵衛の顔に書いてある。

「沢治郎のことで訊きたいってのは？」

早速の、喜兵衛の問いであった。

「きょうは、来ていないようで。何かあったのですかい？」

「いや……」

鉄五郎の問いに、喜兵衛は言葉を濁す。

そこに「あのう実は……」と前置きをして、お香代が問いを発する。

「沢治郎さんに、許婚がいたと思われますが……？」

相手の口を開かせるのに、お香代は長けている。

「ああ、お糸さんといってな、浅草御門近くの豊島町に店を出す青物屋の娘さんだ」

すぐに娘の名が知れた。話を引き出す誘導はさすがと、鉄五郎は脇にいて感じていた。

「だが、事情があって、沢治郎との縁談は破談となった」

「事情ってのを、親方は知ってますので？」

「なんだか、どこかの偉いお武家のところで花嫁修業をしてどうのこうのと。それ以上詳しいことは知らねえ」

喜兵衛の答に、鉄五郎は小さく眉間に皺を寄せた。何か不審を感じたときに、よく見せる表情である。

「そのお糸さんが亡くなったのを、親方さんはご存じなんで？」

行き倒れの娘がお糸だと、決めつけるような口ぶりでお香代が問うた。

「なんだと！　知らなかったな」

喜兵衛にしてみれば、初耳であった。

「さきおとといの夜、薬研堀に架かる元柳橋の近くで……」

お香代が、経緯を語った。

「へえ、薬研堀の近くでねえ。そいつは、気の毒にな」

「そのことを、沢治郎さんは知ってたのですかね？」

「いや、そいつはどうだか」

お香代と喜兵衛のやり取りを耳で聞きながら、鉄五郎は部屋の中を見回している。

壁には数枚の紙が貼ってあり、そこには花火が開いたときの見取り図が画かれてある。

——花火といっても、いろいろな形があるもんだな。

「そいつは、開く花火を予想して画いたものだ。ほとんどが、沢治郎の創作だ」

鉄五郎の様子を目にして、喜兵衛が言った。それで職人たちは、沢治郎がいないと困ると言ってたのかと、鉄五郎は得心した。光玉屋でも、かなり重要な役割を担っているようだ。

「その沢治郎さんが、きのうから来てないと……？」

鉄五郎の、再び同じ問いが喜兵衛に向いた。

「ああ、そうなんだ。黙って休むなんてのは、沢治郎に限っては今までなかったことだ」

「沢治郎さんを、捜したので？」

「いや、子供じゃねえんでな。それと、時期的に忙しくなくなったんで捜すこともねえと思った」

「沢治郎さんの、最近のご様子は？」

お香代の問いである。

「いや、おとといまではまったく普段どおりだった。だが、仕事を終えると誰とも付き合わねえで、とっとと帰っていった。やはり、お糸のことが忘れられなかったんだろうな。気丈には振舞ってたけど」

「沢治郎さんは、どこに住んでおられるのです？」

「山川町(やまかわちょう)の、伊助(いすけ)長屋だ。もっとも、行ってもいねえと思うがな。さっき、うちの職人を呼びにやらせたがいなかったから」

「分かりました。忙しいところ、どうも」

鉄五郎が礼を言い、お香代もそれに合わせて頭を下げた。

二

喜兵衛から聞いた山川町の伊助長屋に住む沢治郎を訪ねたが、やはり留守であった。

長屋の住人も、きのうから沢治郎を見ていないという。目鼻立ちのよい、きりっとした沢治郎の顔立ちは、長屋のかみさんたちの憧れの的だったようだ。「花火師ってところが、また粋(いき)なんだよねえ」と、うっとり漏らすかみさんもいた。みな亭主や子供のいる女たちだが、いい男は別腹のようだ。

「あんたもいい男だねえ」

かみさんの、好奇な目が向いて、鉄五郎は逃げるようにして長屋を出た。

待たせてある猪牙舟に再び乗り、大川へと出た。その対岸には、役人たちはもう一人もいない。

「遺体を片づけて、引き上げたんだな」

「鉄さま、ちょいとごめんなさい」

お香代がいきなり謝った。

「どうした？」

「やはり、この事件のことが気になるの。できれば、讀売の記事として取り上げたいのだけど」

沢治郎とは別件だと思うも、記事取り魂がそうさせる。

「そりゃ、いい心がけだ。沢治郎さんもいないとあっちゃ、この先どうしようか考えてたんだ。まだ昼前だし、おれも付き合うぜ」

川岸に舟を横づけさせ、鉄五郎とお香代は土手へと上がった。土手は草むらで、役人たちが踏み荒らした跡があった。

「この辺に、倒れていましたよね」

「そうだったな」

そこは川辺に近いところで、盛土の土手は急な斜面である。草は一本も折れてなく、転がった跡もない。

「堤から、わざわざ下りて殺されたとは思えねえな」

周囲に、血が飛び散った形跡はない。しかし、顔を潰されていたところは、明らかに殺しとみられる。尋常ではない、殺され方だ。

「こいつは舟でもって、どこかから運ばれてきたな」

「そして、遺体を無造作に捨てたのですね」

対岸の向嶋に町屋はなく、農家が点在するだけだ。桜の咲く季節ならば、向嶋の堤は人で賑わうも、今は誰の姿もない。

草深いところは、まだ腰ほどもある。季節柄、すすきも生い茂っている。その中に、隠そうとした狙いが見受けられる。陸（おか）からも川からも、目につかない場所である。死骸は、野犬か何かが嗅ぎつけたのだろう。

「きゃ！」

突然お香代が奇声を発した。青大将が、足元をよぎったからだ。

「鉄さま、もう行きましょ」

蛇嫌いのお香代が、顔面を青くさせて言った。

再び舟に乗り込んだが、遺体がどこの番屋に運び込まれたのか分からない。お香代の、記事取りの仕事はここで閊えた。

「もう、この事件のことはいいから、沢治郎さんのこと一本に絞ろうや」

「そうですね」

鉄五郎の言葉に、お香代もうなずく。

舟の舳先が下流へと向かう。これから舟を、柳橋から神田川に向けるつもりであった。まずは神田豊島町の青物屋に行って、お糸のことを告げなくてはならない。

大川の流れに乗って、舟は幕府の米蔵が建ち並ぶ浅草御蔵の前を通り過ぎようとしている。

「それにしても、沢治郎さんはどこに行ったのかしら？」

「急に黙っていなくなったってのは……ん……？」

鉄五郎の語尾が落ち、腕を組んで考えはじめた。

「どうかしましたか？」

お香代の問いにも、鉄五郎は反応を示さない。

「……もしかしたら」

自問をするような、鉄五郎の呟きであった。

「おい船頭さん、すまないけど引き返してくれないか」

艫で櫓を漕ぐ船頭に、鉄五郎はいきなり声をかけた。

「どうか、なさったので？」

「お香代。さっきの向嶋の現場に、もう一度戻ってみよう」

「何か……えっ、まさか？」

お香代の顔から、サッと血の気が引いた。思い当たることを感じたらしい。

「あの仏さんが、沢治郎さんと……」

「今はなんとも言えんが、もしかしたらということもあり得る。調べても、損はないだろう。たとえ違っていても、記事にはできるかもしれんぞ」

言っているうちに、舟は反転し上流に向いた。目の前に架かる橋は、今しがた潜ってきた吾妻橋である。

「あの遺体は、どこの番屋に運び込まれたんだろうな？」

「おそらく、近くの自身番……あそこから一番近い町屋は本所中ノ郷瓦町……」

「よし、そこに行ってみよう」

舟は、吾妻橋を潜った花川戸の対岸にあたる、水戸家の下屋敷近い桟橋に着けた。船頭を待たせ、界隈の番屋を当たってみたが遺体が運ばれた形跡はどこにもなかった。

「浅草のほうかな」

再び舟に乗り、大川をつっきる。そこには、廻船問屋三善屋の花川戸支店がある。鉄五郎が七歳のとき、奉公に出された店である。その当時は三善屋でなく『川戸屋』といっていた。

花川戸支店の旦那の名は、一郎太という。川戸屋の跡取だったが遊興で店を傾け、先々代の萬店屋善十郎が助け舟を出して救った。それ以来、萬店屋の傘下となって三善屋の屋号を名乗っている。

桟橋には、武州川越に荷を運ぶ帆船が泊まっている。船の全長が四丈五尺もある、大きな荷船である。船頭は、舟を荷船の脇に着けた。

陸に上がって番屋に向かおうとしたところで、鉄五郎が呼び止められた。

「おい、他人の桟橋に舟を泊めてどこに行こうってんだい？」

振り向くと、厳つい顔の男が睨みを利かせている。羽織る半纏の襟に『川越　仙波屋』と書かれてある。川越夜舟の船頭であった。

「荷を積むのに邪魔だ。船頭に、舟をどかせと言ってくれ」

「分かった。勝手に泊めて、すまなかった。船頭さん、どこかに着けといてくれ」

素直に謝り、船頭に声をかけ、鉄五郎が桟橋に下りたところであった。

「統師じゃありませんか」

聞き覚えのある声に、鉄五郎が振り向く。

「おや、やっぱり」

鉄五郎に声をかけたのは、三善屋花川戸支店の旦那一郎太であった。三善屋では本店の主を大旦那、支店の主を旦那と呼んで区別をしている。

「おう、久しぶりだな」

鉄五郎が、笑顔を向けて答えた。この二人、今でこそ心を許しているが、鉄五郎が七歳で奉公に上がったときは、この一郎太からこっぴどく虐められた。鉄五郎は十歳のとき我慢を仕切れず、八歳ほど年上の一郎太をぶん殴って川戸屋を飛び出した。この二人が再会を果たしたのは半年ほど前、鉄五郎が萬店屋の統師になった披露目の席であった。そこで一郎太が泣いて謝ったのを、鉄五郎は何事もなかったように許した。

「こんなところで何をしてるんです、統師」

「おい、外では統帥と呼ばないでくれ」

一郎太に近寄り、小声で返す。

「ああ、申しわけありません」

「それに、そんなに畏まらねえでくれないか。ほれ、仲間内のような口調でいいぜ」

「分かった。ところで、こんなところで何をしてるので？」

一郎太の口調が改まった。

「実はね、旦那……」

「あれ、讀売屋のお香代じゃないか」

「お久しぶりです」

「二人は、知り合いか？」

「ええ、ずっと以前からよく……」

鉄五郎の問いに、お香代が答えた。

「ところで、旦那。今戸の川向こうで殺しがあったの知ってます？」

お香代が、くだけ口調で一郎太に問うた。

「ああ、知ってるとも」

「そこにあった遺体が、どこに運ばれたか調べているの。中ノ郷の番屋には運ばれてないし、浅草界隈の番屋かと思って」

　訊いてはみるものだ。その瞬間、一郎太のにやけた顔が真顔となった。

「その仏さんだったら、三善屋の舟で運んだぞ。猿渡の旦那が来てな、急ぎ乗せてってくれと頼まれたんで川舟を出した」

「どこへ運んだんで？」

　鉄五郎が、一歩足を繰り出して訊いた。

「北町の御番所と言ってた」

「おい、その船頭はいるかい？」

　血相の変わった鉄五郎に、一郎太は怯える表情を見せた。子供のころに、殴られた記憶が鮮明に浮かんだと見える。

「いや。半吉という船頭だが、半刻ほど前に出たんで、まだ戻ってきてない」

「どうする、お香代？　北町の御番所に行ってみるか？」

「もちろん。讀売の記事取りとして行けば、お役人が相手をしてくれるから」

　はたして土手に横たわっていた男は、沢治郎と同人物なのか否か。それを探るには、直に北町奉行所に行くのが手っ取り早い。

「すまないが、北町の御番所に行ってくれないか」

桟橋に戻り、鉄五郎は場所を変えて待っていた船頭に声をかけた。

三

北町奉行所へは隅田川を下り、三角洲の永代島から新堀川に入り、日本橋川を上るのが早い。

江戸橋から日本橋を潜ると、三町ほどで外濠に架かる一石橋がある。その手前で舟を下り、鉄五郎とお香代は陸に上がった。

呉服橋御門から外濠を渡れば、北町奉行所はすぐそこだ。月番なので、正門が開いている。非番の場合は正門は閉じられ、脇の小門から出入りする。北町と南町の、一月ごとの交代制である。

奉行所の門前まで来ると、お香代が左右に立つ門番に声をかけた。

「ご苦労さまです」

「おお、讀売屋のお香代ではないか」

門番が、愛想のよい顔をお香代に向けた。

「今しがた、こちらに男の遺体が運ばれてこなかったでしょうか？」

「ああ、運ばれてきたな」

「町方の、猿渡の旦那はおられますでしょうか？」

「いや。今しがたまでいたが……」

「左様で、ございますか」

　お香代が、顔を顰めて残念そうな表情を見せた。

「この者は……？」

「このお方は……」

　門番に問われたものの、鉄五郎をどう紹介してよいか分からず、お香代の言葉が途切れた。

「先ほどこちらに運ばれました仏さんに、ちょっと心当たりがございまして」

　鉄五郎が、自ら口にした。

「そう、向嶋で殺されていた男の方と知り合いかもしれないと。猿渡の旦那が身元不明とおっしゃっていたので、このお方を連れてきたのです」

　お香代が、事情を説いた。

「そういうことか。ならば、ここで待っておれ」

　門番はそう言うと、奉行所内に入っていった。

「それにしても、お香代は顔が広いな」

鉄五郎も、感心しきりである。

「讀売屋の記事取りとしては当たり前です。ここにはしょっちゅう顔を出してますから」

そんなやり取りのところに、黒の羽織を纏った役人を一人連れて、門番が戻ってきた。検死を受け持つ役人だという。

「おまえか。仏さんの知り合いというのは」

顔の判断がつかず、奉行所での検死となったらしい。

「酷い遺体だが、特徴もあろう。ならば、見てもらおうかな」

もし遺体が沢治郎であったとしても、鉄五郎とて一度会っただけの男である。それに、夜分であって顔もたいして憶えていない。だが、鉄五郎には遺体を見る必要があった。逆に、男の体にはなんらかの特徴があるはずだ。それを探りに、御番所まで来たのである。

表門を入ると、左手すぐに裁定を下す白洲（しらす）に入る木戸がある。木戸を潜ると、囚人の留め置場がある。その牢屋の一部屋に、男の遺体が横たわっていた。莚が被せられて、全身は見えない。鍵のかかっていない牢屋の戸を検死役人が開け、先に入った。

「ならば、ここに来て見てもらおうか」

戸板に乗せられた遺体の脇に、鉄五郎とお香代が並んで立った。おもむろに莚がめくられ、それと同時にお香代が顔をそむけた。「うえっ」と、吐き気までもよおしたようだ。

鉄五郎は動じず、遺体に目を凝(こ)らす。

「どうだ、知り合いか？」

「いや、顔では判断がつきませんね」

髷(まげ)の恰好から、年は三十歳未満と見られる。それは、奉行所でも意見は一致しているようだ。

「遺体の状況からして、殺されたのはおとといの晩のようだな」

検死役人の語りに、鉄五郎の肩が小さく動いた。元柳橋近くで行き倒れていた娘も一昨日の夜であった。

着ている物は、無地の鼠(ねずみ)色のごく普通の小袖で着流しである。襟を開くと、木刀か何かで叩かれた痕があるが、刀で斬られたような傷はない。裸足(はだし)で、足の甲に小さな点状の傷がいくつか見受けられる。最近ついた傷ではなく、古いものだ。そのような傷が、体のあちらこちらについている。それ以外に、大きな特徴はない。

「すみませんが、ちょっと違うようで」

元より遺体に覚えのない鉄五郎は、残念そうに答を口にした。

「そうか、ご苦労であったな」

言って役人は、遺体に莚を被せた。

「それで、この後この仏さんはどうなりますので？」

「身元不明ならば、いつまでもここに置いておくわけにもいかんでな、無縁墓地に葬られることになる。むろん、引きつづき下手人は捜すがな」

「そうですかい」

鉄五郎の頭の中では、この遺体はおおよそ沢治郎と見当がついていた。だが、それを役人に告げなかったのは鉄五郎の判断であった。もう一つの、娘の件がこの殺しとなんらかの関わりがある。

――それが、お糸さんなら……。

そして、一月前の娘の変死。すべてがどこかで結びつく。町奉行所では手に負えない、大事件に発展すると鉄五郎は読んだ。

「……この事件は、萬店屋が請け負うぜ」

小さな呟きを発した。

「何か、言ったか？」

「ええ。ちょっと、念仏を唱えたもので」

役人の問いを、鉄五郎は軽くいなした。

帰りの舟である。

「お香代はどう思った？」

日本橋川の、ゆったりとした流れに乗って舟は進む。舟の揺れが少ないので、小声で話ができる。

「あたし、目をそむけちゃって」

「さすがのお香代も、見てられなかったか。ありゃ、酷すぎたな」

「それで、鉄さまは何か分かりましたか？」

「ああ。あれは、沢治郎さんに間違いがないだろう」

「どうして、それを？」

「身体中に、小さな点のような傷があってな。おそらくあれは、火の粉を浴びた火傷（やけど）の痕だろう。以前、火消しの鳶（とび）に、あんな傷を見たことがあった」

「となると、花火職人にあってもおかしくないですね」

「花火師のほうが、余計に火の粉を浴びるだろうよ、おそらくな。となれば、あの遺体は沢治郎としか思いつかんな。それと……」

「それとって？」

「右手の指に、筆だこがあった。お香代も見ただろう、花火屋の壁に貼ってあった見取り図を。あれは、沢治郎さんが画いた物だと親方は言ってたな。見取り図を、かなりの数画いての筆だこだ」

「鉄さまって、本当に新内流しなの？」

鉄五郎の見識に、お香代は呆れるばかりのようだ。

「ああ、新内流しだ。だが、ずっとこれまで生きてきた経験は、いろんなところで役に立っている。見るに無残な遺体だって、どれほどの数見てきたか分からない。やくざ渡世に身を置けば、そんな残酷な場面はいくらでもある。あいつらの拷問なんて、それは見るに耐えないほど酷いもんだぞ」

「鉄さまが動じないのは、なんとなく分かる気がする」

川風に向けて、お香代が小さくうなずいた。

「ところで、なんで鉄さまはお役人にそのことを話さなかったの？」

「町奉行所では、手に負えない事件と踏んだからだ。あの検死役人の顔を見ただろ、頼りないことありゃしない。それに、元柳橋の娘もお糸さんに十中八九間違いないだろう。お糸さんと栄橋で死んでた娘さんのことが絡むかもしれんしな。となったら、こいつはなんとかせんといかんだろ」

鉄五郎が、事件の真相解明に乗り出そうと決めた、最初の意思表示であった。

「それで、萬店屋が請け負うって言ってたのね」

「お香代には、聞こえてたか？」

「はい。少なくとも、念仏には聞こえませんでした」

「どうだ。前みたいに、下手人を炙り出してみないか？」

「ええ、やりますとも。ぜひ、お願いします」

「よし、だったらこれからは、そのつもりで動くことにする」

「今度は何をやるのか、本当に楽しみ」

お香代の、好奇な目が開いた。

「おい、楽しみなんて言っちゃいけねえよ。少なくとも、三人が変死しているんだ」

「ごめんなさい、不謹慎でした」

「沢治郎さんは、いっとき無縁仏になるが、絶対にまともな墓に入れてやる。それと、身元不明の娘さんの魂も、必ず親の元に帰してやる。これが萬店屋の統帥として、おれがしてやれることだ」

鉄五郎の心の中に生まれたのは、この一念であった。

いつしか舟は、柳橋に着いた。そこで鉄五郎は、船頭に舟代といくばくかの酒代を弾み舟から降りた。そして、お香代と共にその足を豊島町の青物屋お糸の実家へと向けた。

## 四

豊島町の青物屋に行くと、大戸が閉まっている。

板戸に貼り紙がしてあり『忌中（きちゅう）』と書かれてある。

「おい、お香代。お糸さんの遺体が戻っているようだな」

「そうみたいですね。やはり、御番所では身元をつきとめたのですね」

おそらく、昨日の晩か今朝方に運ばれたものとみられる。

「お糸さん、帰れたみたいでよかった」

生きて帰れればなおよかったのにと、お香代の震える口調に悔しさがこもる。

「残念だが、家に戻れただけでもよしとしなくてはな」

今夜はお通夜だろうか、弔問客がちらほらと見受けられる。

「かわいそうにのう、一人娘がいなくなったうえ……」

「ん……？」

切戸から出てきた弔問客の独り言に、鉄五郎は聞き耳を立てた。

「ちょっと、すみません」

五十歳前後の弔問客を、鉄五郎が呼び止めた。

「なんでございます？」

「今、一人娘がいなくなったうえとか聞こえましたが……」

「ああ、手前の独り言が聞こえたのか。いや、こんな気の毒なことってあるのか、娘さんだけでなくお常さんまで……」

「というと、忌中の貼り紙はおかみさんてことですか？」

お香代が、更に目を吊り上げて訊いた。お常というのは、寅吉の女房でお糸の母親の名であった。

「そういうことだ。心労で、きのうの夜、ぽっくり逝ったそうだ」

「では、お糸さんは……？」

「知らん」

怒りが込み上がるか、男が吐き捨てるように言った。

「酷いことになったな、お香代」

「ええ……」

悔しさで、お香代の言葉がそれ以上出てこない。目には、涙さえ浮べている。

「とにかく、入ってみよう」

お香代を引き連れるように、鉄五郎は切戸を開けて店の中へと入った。二間間口の小さな店である。売れ残りの野菜が戸板に並べられ、細々とした商いの様子がうかがえる。

店と住まいが腰高障子で仕切られている。障子戸を開けると、お常が安置された早桶の前に、寅吉と思われる男が一人佇んでいる。弔問客は、今は一人もいない。雪洞に灯された明かりだけのうす暗い部屋で、四十歳半ばの、細面の実直そうな顔が向いた。

「ご新造さんがお亡くなりになったそうで。ご愁傷さんで……」

「ご愁傷さまで……」

まずは早桶の前に座り、安置されたお常の霊を弔った。

「ご苦労さまです。ところで、どちらさんで？」

寅吉が、萎んだ目を向け鉄五郎とお香代に訊いた。

「手前は鉄五郎といい、こっちは讀売三善屋のお香代といいます」

「はて、なぜに讀売屋がここに？」

まったく見ず知らずの者の来訪が、寅吉にとっては不思議そうである。しかも、讀売屋と聞いて、寅吉は皺顔をさらに深く刻んだ。どうやら、娘の死を寅吉はまだ知らないと見える。

「実は……」

不幸が重なり、お香代は語っていいかどうか迷っている。

「いいから、話しな」

鉄五郎が、お香代を促した。

「ご主人にお聞きしますが、娘さんの名はお糸さんと申されますので？」

いきなりでは衝撃が激しいだろうと、お香代は語る順序を変えた。

「そうだが。お糸が、どうしたと？」

「今、どちらに……？」

「今は、ここには住んじゃいねえ」

「すると、どちらに？」

「どこでもいいじゃねか。あんたさんたちの、知ったことじゃねえ」

理由も分からず、寅吉の機嫌がすこぶる悪くなった。傷心であるのは分かるが、返事に怒りがこもっている。お糸のことでは、何か含むところがあるようだ。

「実は寅吉さん。驚かないで、聞いてもらいたい」

お香代に語らせるのは酷と、鉄五郎が口にする。語るには、少し丹田に力が必要だ。

鉄五郎は、小さく深呼吸をして一声を放つ。

「娘のお糸さんが亡くなったのをご存じではないので？」

残酷な言葉を、鉄五郎は一息で放った。

「なっ、なんだって⁉」

眼球が飛び出るほどに目を剝き、驚愕の問いが、寅吉の口から出た。

「鉄さま、あたしから話します」

ガックリとうな垂れる寅吉に向けて、お香代が順を追って語った。

「……そんなんで、御番所はまだお糸さんの身元が分からないようでして」

お香代が、澱みなく経緯を語った。

「ならば、どうしてその娘をお糸と知ったんだ？」

「これをご覧ください」

お香代は懐から、櫛に取り出した。

「この櫛に、見覚えはございませんか？」

目の前に差し出された櫛に、寅吉は涙でくしゃくしゃになった目を向けた。

「これは、お糸の……沢治郎に買ってもらったものだ」

「沢治郎さんてのは、お糸さんの許婚（いいなずけ）だったお方ですか？」

「そうだ……」

うな垂れながら返事をする寅吉に、さらにお香代が語りかける。

「これがお糸さんが亡くなっていた現場に落ちていたのです。御番所では心の臓の発作とみてますが、あたしは違うと思ってます」

「違うってのは……？」

いく分落ち着いたか、寅吉の顔が正面を向くようになった。そこに、鉄五郎が言葉をかける。

「寅吉さん……」

元気を出してと言いたいが、そんなお座なりな言葉をかけても仕方ない。こういう場合は慰めよりも、端的に用件を語るに限る。

「寅吉さん、意趣返しをしたいとは思いませんか？」

「えっ？　意趣返しって、まさか……」

怪訝そうな寅吉の顔が、鉄五郎に向いた。

「お糸さんだって、病死かどうか分からない。だいいち、病死って判断を下したってのに、身元が不明ってのもおかしいでしょう。とっくに身元を調べていたと思ったが、そうじゃなかった」

鉄五郎の言葉が怒りで震えている。口調も、無頼のように荒ぶれてきた。

「お糸は殺されたとおっしゃるんで？」

「ええ。それが色濃くなってきたようで……」

「だったらお糸は今どこにいる？」

寅吉の強い口調の問いに、鉄五郎は答に一呼吸おいた。

「遺体をどこに運んだか、それが、分からないものでして。これからそれを……」

「もう、何を言われても驚かねえ。俺の肚（はら）も決まったから、なんでも話しちゃくれねえか」

口を濁す鉄五郎の心内（こころうち）を察したか、寅吉は気丈なところを見せた。

「ならば、話しましょう。今しがた、お糸さんの許婚だった沢治郎さんの遺体と会ってきた」

「なんだって！　沢治郎も死んだってのか？」

身元不明の遺体を、沢治郎と決めつけた鉄五郎の口調に、寅吉の驚く声が返った。

「ええ。沢治郎さんは今朝方、向嶋の大川の土手で死んでいた。無残な殺され方だった」

「殺されたって……なんてこった」

苦渋で、寅吉の声が震えて言葉もそれ以上出ないでいる。

「いったいどうなっているのか、寅吉さん、お話ししていただけないかしら？」

お香代が、聞き取りの口調で寅吉の背中を押した。しかし、膝に拳（こぶし）を載せて寅吉が嗚咽（おえつ）を漏らしている。しばらくは、言葉になりそうもない。

「お香代、おかみさんの霊に線香を手向（たむ）けてなかったな」

まさか、こんなことになっているとは思ってもいなかった。数珠も香典も用意してはいない。早桶に向かって座り直し、再度念仏を唱えた。

「鉄五郎さんとかいいましたね。何をなさっているお方で？」

線香を手向（たむ）けているところに、寅吉の声がかかった。そして、再び向き合う。

「寅吉さん、このお方は……」

言ってもよいかと、お香代が鉄五郎の顔をうかがう。

「知ってもらわなくては、寅吉さんも話ができないだろう」

「分かりました。それでは、あたしからお話しします」

お香代が居ずまいをただし、寅吉と向き合った。

「寅吉さん。このお方を頼りにすれば、必ずお糸さんの仇を取ることができます。この悔しさを、一緒に晴らしませんか？」

鉄五郎の素性を語る前に、お香代は寅吉の意思を確かめた。

「仇を取れるもんだら、もちろんだ。それで、いったいこのお方は……？」

「寅吉さんは、萬店屋ってご存じですか？」

「もちろんだ。三善屋の総元締で、途轍もない大商人だ」

「その萬店屋の統帥といわれる人が、このお方なの」

「なんだと！」

またしても、外にも届くほどの、寅吉の驚愕であった。

「驚かされるな、まったく。こんな若いのが、萬店屋の頭領とは」

「萬店屋の鉄五郎といいます。どうぞ、よしなに」

腰を低くして、鉄五郎は改めて素性を語った。逆に、話がややこしくなると、新内流しのことは、ここでは伏せておくことにした。

「この事件には、お糸さんや沢治郎さんだけでなく、ほかにも犠牲になった娘さんがいるのです。鉄五郎さんは、それに憤りを感じて真相を暴こうと乗り出そうとしているのです。ですからご主人、知っていることをみなお聞かせ願えませんか。きっとお役に立てるものと」

お香代の説き伏せに、寅吉の頭がいく分下がった。

「弔問のお客様が見える前に、話してもらえませんか」

鉄五郎が、寅吉を促した。超大富豪の腰の低さに、寅吉も心を開いたようだ。

「聞いてもらえますかね」

寅吉が、おもむろに切り出した。

「あれは、二月(ふたつき)ほど前だった」

暗い天井を見上げながら、ゆっくりとした口調である。

「ここに、あの男が来て娘のお糸を行儀見習いに出さないかと……」

「あの男とは、誰なんで？」

「廻船問屋旭日屋の主人、文左衛門(ぶんざえもん)というお人です」

「旭日屋……どこかで聞いたことがあるな」

「ほら、隅田川の花火大会の翌日、屋形船が……」

「ああ、そうだった」

頭の隅にいっていた鉄五郎の記憶が、お香代の言葉によって引き戻された。

二月ほど前——。

青物屋寅吉のもとに、五十歳にも届く恰幅のよい男が訪ねてきた。旭日屋文左衛門と名乗り、廻船問屋では中堅の部類に入る商人であった。

十八歳になる寅吉の娘お糸は、小町といわれるほど界隈でも評判の美しい娘に育っていた。文左衛門が訪れたのは、お糸のことであった。

「——手前の嫡男がな、両国広小路の茶屋でお糸さんを見かけて、それ以来虜になったというか、自分を忘れるほどに惚れてしまった。親馬鹿といってはそれまでだが、倅がお糸さんを恋焦がれる様子をみていると放っておけんでの、そんなんでわしが来たって次第だ」

旭日屋といえば、寅吉も知っている。そこの嫡男の嫁として迎え入れたいとの申し出であった。だが、お糸にはこのときすでに、婚姻を約束した男がいた。

「大旦那様のお申し出、まことにありがたいのですが、お糸にはすでに……」

許婚がいると、寅吉は断りを入れたが文左衛門はすぐには引かない。

「そこを曲げて、お願いしているのだ。旭日屋の嫁ともなれば、行く末は幸せに暮らしていけるのは間違いがない。これほどの玉の輿が、あろうかというものだ」

中堅どころとはいえど、間口二間の青物屋と比べたら提灯に釣鐘ほど商いの規模が異なる。そのためか文左衛門の語調は上からのもので、寅吉は不快を感じていた。

文左衛門が、更に言葉をつなぐ。

「一人娘を嫁に貰うのだ。むろん、この家のことも案じている。ところで寅吉さんに訊くが、どっちを望んでいる？」

「どっちといいますと……？」

「この店を大きくするか、さもなければこんなちっぽけな商いなどやめて、悠々自適に遊んで暮らしていくかだ」

「どっちも望んではいませんで。細々とながらもこの店をつづけ、手前の代で店を閉めようと思ってるところで。ええ、娘も好きな男のところに嫁がせようと」

「そこを曲げてと言いたいが、どうやら意思が固そうだ。寅吉さんの気持ちが分かれば、きょうのところは引き上げるとしよう」

今日のところはと言った口調も寅吉は癇に障り、その場をあっさりと引き上げる文左衛門にいやな予感があったという。

それから、三日ほど経った日のこと。

寅吉と女房お常が店番をしているところに、再び文左衛門が訪れてきた。三十歳前後の、若い武士を一人連れている。なぜにお侍が一緒にと怪訝に思ったが、その理由はすぐに知れる。

「先だってはすまなかった。どうだ、考えは変わりましたかな?」

「いえ、やっぱりお糸は許婚のもとに……」

寅吉は、丁重に断るつもりであった。

「そうか、ならば手前のほうはきっぱりあきらめることにする。そこでだ寅吉さん、このお方はな……」

寅吉の返事を聞くでもなく、文左衛門は連れの侍を紹介する。

「手前が出入りしている三千石の大身旗本、大高玄之進様に仕える村井左近様だ。大高様の名代として、一緒に来られた」

「拙者、村井左近と申す。きょうは、お糸どのはいないのか?」

「はい。出かけておりますが……」

お常が不安そうな顔を見せ、村井の問いに答えた。

「そうか。それは、残念であった。拙者も一目会いたかったが、留守では仕方ないな。ところで、拙者はわが主君の名代で来たのだが、お糸どのを大高家に預けられたいとの殿の仰せでな」

「はて、預けられたいとはいかがなことで……？」

寅吉の顔も、不安で歪んでいる。

「実はな寅吉さん、この数日で状況がちょっと変わってきたのだ」

と口にするのは、文左衛門であった。

「うっかりといってはなんだが、大高様にお糸さんの器量のよさを話してしまったのだ。すると、大高様の顔色が変わって『わしのところに、連れてこい』というのだ。うちの嫁ってことで迎えたかったが、話はもっと大きくなってな、大高様のところで一時預かり、行儀見習いをさせたいとのことだ。それで……」

コホンと一つ咳払いをして、文左衛門の話が止まった。だが、その口はすぐに動く。

「驚かないでもらいたいが、実はお糸さんをお城の大奥に上がらせたいとの話がもち上がってな」

「大奥って……」

驚いて、寅吉とお常は言葉にならない。

「大高様がお糸さんを養女にし、然るべき段取りをつけて大奥のご中臈、つまり将軍様の御側室になさるという話なのだ。単なる、奥女中ではない。れっきとした、御側室様だ。もしお糸さんがお世継ぎを産めば、これはたいした出世。実の両親である寅吉さんとお常さんにも、大いなる賜りがあろう。わしの倅の嫁どころでは、なくなったわ」

文左衛門の語りに、大奥のことなど何も知らぬ寅吉とお常は、抗うことすらできないでいた。

「大奥と聞いて、断ることもできず……」

泣く泣くお糸を差し出したという。

「お糸には、すまないことをしてしまった」

後悔に苛まれ、寅吉の目から一滴の涙が膝に零れ落ちた。

## 五

寅吉の話を、鉄五郎とお香代は首を傾げて聞いている。

「大奥に上がろうという話が、どうしてこんなことになってしまったのだ?」

「よほどお糸さんは、大奥に行きたくなかったのでしょうね」

大高家で行儀見習いをしている最中、抜け出したのかもしれないと、お香代が仮説を立てた。

「そんな単純なものではなさそうだな。なんだか、その裏にはとんでもない魔物が潜んでいるような気がする」

鉄五郎がそう思ったのは沢治郎の死と、そして一月ほど前の娘の変死を結びつけたからだ。

「その大高っていう旗本の屋敷は、どこにあるんですかね？」

「なんですか、浜町の武家屋敷に……手前は、行ったことがありませんが」

「浜町だって？」

萬店屋の本家も、浜町である。だが、大高という旗本の屋敷は聞いたことがない。

「そんなのはすぐに調べりゃ分かるが、お香代、これは大変なことになってきたぞ」

鉄五郎の頭の中では、お糸が死んでいた大川端と浜町堀に架かる栄橋界隈の景色が浮かんでいた。

「その近くに、大高の屋敷があるかもしれない」

「もしあったとしたら……？」

「大高って旗本の、魂胆を探ってやるってことだ。大奥の話だって、本当のことかどうだか」

言って鉄五郎は、寅吉に顔を向けた。

「寅吉さん。今話したことは、まだ誰にも言わねえでもらいたい。ええ、けして悪いようにはしないから」

そのつもりであると、すでに寅吉の表情である。

「はい、ぜひともお願いしたいところで」

深々と、寅吉の頭が下がった。

「ところで、寅吉さん。お糸さんて、心の臓を患っていたのですか？」

そこに、お香代が問いをかけた。

「いや、そんなことはねえ。お糸は、いたって元気だった。心の臓が悪かったのは、お常のほうでして……きのうの夜、急に胸が痛いと言ってそのまま。きっと、お糸が呼んだのかもしれねえ」

「なぜに急に、発作を起こされたんで？」

霊感を信じない、鉄五郎の問いであった。

「きのうお城からの使いというお侍が二人来て、お糸は大奥に上がったと告げられ、もう娘とは二度と会えないとでも思い、それが心の臓の負担になったのだろう。お常は急に発作を起こし……」

「それでもって、亡くなられたのですか。本当に、お気の毒」

言いながらお香代は、小袖の袂を目尻にあてた。

「寅吉さん、あとはおれたちに任せてくれませんかね。どうやらお糸さんも、尋常な死に方ではないらしい」

「尋常ではないって……」

寅吉が言葉を返す最中に、襖越しに声がかかった。

「ごめんください」

新たな弔問客のようだ。

「お香代、ここは引き上げよう。寅吉さん、どうぞお力を落とさず……」

鉄五郎が言う間にも障子戸が開き、二人は腰を上げた。五十歳くらいの、商人と入れ代わる。商人が、ちらりと鉄五郎を見やったが、気づくことなく雪駄（せった）を履いた。

「このたびは、ご愁傷様で……」

障子戸を閉めたところで、弔問客の語尾の濁る声が聞こえた。

「これは、旭日屋の大旦那……」

外に出たあとなので、寅吉の声は鉄五郎には聞こえてこない。

「酷え話になったな、お香代」

「まったくです。大奥だなんて、他人を騙して、どんな魂胆があるのかしら？」

途方もない悪巧みを、寅吉のもとに来て鉄五郎は感じ取った。

「どんな魂胆もくそも、何もねえ。必ず仇を取ってやるぜ」

外に出た鉄五郎は、青物屋の大戸に向けて決意を誓う。

「……鉄さま、今度はどんな大仕掛けでいくのかしら？」

お香代の呟きは、鉄五郎には届いていない。そこに、鉄五郎の声がかかる。

「悪い奴らは、みんな吹っ飛ばしてやる。さてお香代、どうやってやっつけようか？」

まだ鉄五郎の頭の中では、何も浮かんではいない。ただ、怒りの感情だけが先に立ち、激しく脳裏に渦巻いていた。

お香代を讀売屋に戻らせ、旗本大高玄之進のことを調べるよう托し、鉄五郎は両国橋を渡り本所尾上町（おのえちょう）へと向かった。

尾上町には廻船問屋三善屋の本店があり、その大旦那である作二郎（さくじろう）から話を聞くためであった。そこで、旭日屋文左衛門のことを詳しく知ろうとの肚である。

着流しの、町人の形で鉄五郎は三善屋の店前に立った。十店舗ほどの廻船問屋支店と船宿を統轄する本店とあらば、店の構えも大きい。日除け暖簾の前で、小僧が店先を掃いている。

「ごめんよ」

鉄五郎が気安く声をかけると、小僧の箒を掃く手が止まった。まだ十歳ほどの小僧に、鉄五郎は昔の自分の面影を重ねた。

「一所懸命働けば、将来必ずいいことが待ってるぞ」

頭を撫でて励ますも、小僧は不思議そうな顔で鉄五郎を見上げている。

「何か、ご用事でございますか？」

「そうだった。こちらに作二郎さんて、大旦那がいるはずなんだが」

「大旦那さんでしたら、奥にいると思います。どちらさんですか？」

「小僧さん……名はなんというんだ？」

「巳吉と申します」

「だったら巳吉に頼もうか。大旦那さんに、鉄五郎が来たと言ってもらえれば分かる」

「なんの……いえ、ご用件はどのようなことで？」

言葉が粗雑になるのを、巳吉は言い直した。商人としての躾が行き届いているのだろうと、鉄五郎は巳吉を見て感じていた。

「話があると言ってもらえれば分かる。何も、怪しい者じゃないさ」

彫りの深い端正な顔を、破顔させて言う。子供にとっては、むしろそれが不気味に見えるようだ。

「いえ。その前に、番頭さんに告げてきます」

巳吉は、鉄五郎を怪しい者と見たようだ。本店の番頭とは、鉄五郎も面識がない。ここでは萬店屋の統帥と語るわけにもいかず、話を通されたのでは余計な時を食ってしまう。できれば直接作二郎と会いたかった。

「だったら、用件を言おう。大旦那さんに、こう伝えてくれ。新内流しの弁天太夫が一節いかがでしょうかと」

「おじさんは、新内流しなんかい？　でも、三味線をもってないね」

「いいんだ。きょうは語りだけを聴かせに来たのだから」

鉄五郎は浮かべていた笑いを引っ込め、顔を真顔に戻し凄み口調で言った。子供ながらに巳吉は事情を感じたのだろう。

「すぐに行ってきます。ちょっと、待っててください」

箒を放り出し、巳吉は店の奥へと入っていった。


作二郎の部屋で、鉄五郎が床の間を背にして上座に座る。

大旦那作二郎は、鉄五郎より倍も齢上である。そんなもてなしはよしてくれと言ったが、萬店屋の統帥を下座に座らせるわけにはいかないと、作二郎が拒んだ。

「ご無沙汰をしております。ところで、きょうは何用でございますか？」

作二郎の言葉も、へりくだっている。

「忙しいところ、申しわけないです」

「そんな、改まった言葉はよしてくださいな。統帥らしく、でんと構えてくだされ」

「分かった。でしたら、目上からものを言わせてもらいますぜ」

「どうぞ、どうぞ。統帥とあらば、そうこなくてはいけません」

萬店屋の旦那衆は、みな考え方や性格が異なる。それぞれ違った接し方をしなくてはならないと、ここに鉄五郎の苦労があった。

鉄五郎が統帥になって、初めて三善屋廻船問屋の本店に来た。店の見廻りなんかでないことはたしかである。用があるときは、いつも浜町の屋敷に呼ばれるのが常である。そこに作二郎の、怪訝そうな様子がうかがえた。

「大旦那は、旭日屋文左衛門て男を知ってますかい？」

「ええ、もちろん。同業ですから」

「その男の、評判はどうです？」

「評判と申しますと？」

鉄五郎の真意が分からず、作二郎が訊き返す。

「文左衛門がどんな男で、旭日屋の商いはどうかってことでして」

「旭日屋さんの荷の扱い量は、手前どもの半分以下ですし、ご主人の評判は可もなく不可もないってところでしょうかね」

ようするに、作二郎としては旭日屋には目もくれていないものと読み取れる。

「同業者を、そんなに侮っていいんですかい？」

「旭日屋さんはこのところ、かなり商いが下火になりまして落ち込んでいるご様子で。それというのも、一月ほど前に屋形船に不発の花火が落ちて、何かの拍子で爆発したってことがあったでしょ。あの木っ端微塵となった屋形船は、旭日屋さんの財産でもあったのです」

「財産……？」

屋形船一艘が、商いを傾けるほどの価値を有するのか、鉄五郎の首が傾いだ。

「一口に屋形船といいますが、それは金襴飾りの豪勢なものでして、造るのに五万両も費やしたそうで」

萬店屋の富にしたら五万両はさほどでもないが、大概の商人にすれば途轍もない金額である。

「遊び好きである幕府の要人やお大名がお忍びで、その屋形船に乗って川遊びを楽しんでました。ええ、金に糸目をつけない余興でもてなし、相当な売り上げだったそうです。そんな稼ぎ頭の屋形船が、一瞬で消えたのですから、身代も傾くというものでしょう」

「屋形船一艘に、身代を委ねていたってのですか？」

「そういうことでしょうな。ところで、その旭日屋さんが、どうかなさりましたので？」

「大旦那は、大高玄之進っていう三千石旗本を知ってますか？」

「いえ。旗本、御家人はかなりの数がいますので、存じ上げない……いや、聞いたことがあるな」

すぐには思いつかないか、作二郎が腕を組んで考える。鉄五郎は思案を邪魔しないよう、作二郎の言葉を黙って待った。

「そういえば、大川の花火大会のとき、旭日屋のあの豪華絢爛屋形船に幕府の要人が乗っていたと聞いたことがありますな。それは爆発したあとでの、うちの若い衆たちの噂話でしたから気にも止めず……そのとき、幕府のお偉方をもてなしていたのが、大高なにがしという大身の旗本だったそうで」

旭日屋文左衛門と旗本大高玄之進の接点はここだったたったかと、鉄五郎は得心する思いとなった。

「よく、若い衆が大高の名を知ってましたな」

「ええ。旭日屋の船頭から、愚痴を聞いたそうで。大高という旗本の家来に、かなり威張られて往生したと」

「その翌日に、不発花火が爆発したのか。それにしても、よく一尺五寸玉が落ちてきたのに気づかなかったもんだ。屋根に落ちれば、大変なことになってただろうに」

「船頭の話だと、花火大会が終わらないうち、幕府の要人の具合が悪くなり船からみんな下りたそうで。誰も乗ってない屋形船に、不発の花火が落ちてきたらしいと」

「そこでは、爆発しなかったので？」

「翌日、何かの拍子で爆発したんでしょうな」

「そういうことだったのか。ところで、不発花火が落ちれば屋形船のどこかに損傷があったはずだが。そんな高価な屋形船が壊れ、大騒ぎしないはずがないでしょうに」

「そこが不思議にも、誰も気づかなかったそうで」

——誰も気づかなかったってことは、ありえないだろうけどなあ。

ここに何かの含みがありそうだと、鉄五郎は思ったもののそれを言葉に出すことはなく考え込んだ。

「いったい、何がございましたので？」

思案に沈む鉄五郎に、作二郎の問いがかかった。

「実はですな……」

鉄五郎は、青物屋の一件を語った。

「旭日屋さんが、青物屋の娘さんを嫁にですと？」

「それが、あとで大奥の話になった。それには大高玄之進が……」

「なんだか、わけが分かりませんな」

どう要約して話したらよいか弁が立たず、お香代をつれてくればよかったと悔やむ鉄五郎であった。

# 六

中途半端に語ろうとするから、かえって話はややこしくなる。

「半刻ほど暇をもらえますかい？」

こういう場合は、知っていることを洗いざらいに話したほうがよい。

「ええ。何か込み入った事情がおありのようで、話を聴くことくらいならできますが……」

鉄五郎は、一月前の身元不明の娘の一件から、これまでの経緯を順を追って語り直した。そこには花火師沢治郎の件も、寅吉の女房お常の不幸も織り交ぜて伝えた。語りが進むにつれ、作二郎の表情が険しくなってきている。ときどき、大きく相槌を打つが、鉄五郎の語りの腰を折ることはしない。

「……そういったわけで、青物屋の主の口から旭日屋文左衛門と旗本大高玄之進の名が出たってことで」

鉄五郎の四半刻近くの語りを、作二郎は黙って聴き入っていた。「ふーむ」と、一つ唸ってようやく口にする。

「話は大筋分かりました。なんだか、大変なことになってきたようですな」

「ああ。こんなことになるなんて、思ってもいなかった」

「ところで統帥は、この件をどうなさろうというおつもりなので？」

思ってもいない、作二郎の問いであった。

「お話をうかがって、大変な事件とは存じますが、それが三善屋全店を統轄する萬店屋と、どういった関わりがあるのでございましょうか？」

「どういった関わりがあるかって……」

作二郎の思わぬつっ込みに、鉄五郎は返す言葉を失った。そういう問いには、答を用意してはいない。

「そういった事件は、町奉行所のお役人の仕事と思われますが。そんなことに、萬店屋の統帥が立ち入って、いったいどうなされるおつもりなのです？」

二の矢、三の矢で作二郎が、鉄五郎に問いを浴びせる。

「おれは、こういったことを見過ごしにできない性格でしてな、不幸に遭った人たちの恨みを代わりとなって晴らしてあげるつもりだ。それに、萬店屋の財を費やす。それの、どこが悪いってんで？」

感情に走ったか、鉄五郎の言葉が荒くなった。

「いや、どこも悪くはございません。弱い人たちを助けるために、一肌脱ごうというお気持ちは立派なお心がけ。ですが、あなた様は萬店屋の統帥でもあるのですぞ。その配下には何千人もの奉公人と、その数倍の家族がいるのです。そんな大商人という立場の鉄五郎様が、そんなことに感けていてどうなさるのでございます？」

「そんなことって……」

三善屋の大旦那の一人である作二郎から、ここまで反発されようとは思わなかった。鉄五郎は怒りを通り越し、しばし呆然となって言葉が出ない。作二郎にも協力を仰ごうと思って来たのだが、鉄五郎の目論見とはいささか外れる様相となってきた。

冷静になって考えれば、作二郎の言うことももっともだと、鉄五郎にも分別がある。大旦那の立場からすれば他人事より、店のために身を粉にして働く奉公人のほうが大事である。

「大旦那の、作二郎さんの話はもっともです。だけど、おれはこういった弱い人たちの不幸に関わった以上、黙って見過ごすことができない性分でしてね。その裏に隠れているど悪党を炙り出して、鉄槌を浴びせてやろうってのがおれの生き方です」

「生き方はよろしいでしょう。ですがそれでもって、萬店屋の財を浪費なさる。その財は、手前どもが汗水垂らして働いた賜物なんですぞ。いくら有り余るほど財があったとしても、それはあなた様の物であって、あなた様のものではない」

「それじゃ、誰のものなんで？」

「萬店屋のもとで仕事をする、みんなの物です。奉公人とその家族たちがよくなるために、財は使われなくてはなりません」

作二郎の言葉に、鉄五郎は考えた。萬店屋の統帥となって、初めて浴びせられた冷水であった。

――おれは、いったいなんのために？

気持ちにも、ブレが生じてくる。

「おや、お気持ちがずいぶんと揺れ動くようですな」

鉄五郎の苦慮する様子に、いたぶるような作二郎の声がかかる。

「……いや違う。おれの考えは、そんな簡単に覆るほど軟弱ではない」

ブツブツと、呟きとなって鉄五郎の口から出る。

「何か言っておられるようですが、言いたいことがおありでしたらはっきりとおっしゃってください」

作二郎に、これでもかとつっ込まれるが、どう論破してよいのか鉄五郎には答が見つからない。それは、作二郎の言っていることがまともと思えているからだ。

――いったいおれは、なんのために萬店屋の統帥になったのだ？　気持ちが、原点に戻る。しかし、ここで作二郎に押しきられては、鉄五郎の生き方は真っ向から否定されることになる。今まで、よぎったこともない考えが、鉄槌となって鉄五郎の脳裏を打った。

――だが、この大旦那を納得させせられれば……。

それだけの理由をうまく伝えられれば、鉄五郎の考え方は不動のものとなる。だが、鉄五郎の頭の中に、気の利いた言葉が浮かんでこない。

「およしなさい。そんな、無駄なことは」

作二郎が、さらに鉄五郎を押さえつける。商いでは百戦錬磨（ひゃくせんれんま）、これまで生きた年月は倍の開きがある。そんな作二郎の口から、とどめともいえる、鉄五郎の胸を抉（えぐ）るような言葉が吐いて出た。襟首を、つかまれたような鉄五郎の心持ちであった。

「いや、無駄なことなどちっともない」

無理とか無駄という言葉が、鉄五郎は気に入らない。無駄というその一言で、鉄五郎の脳裏に閃（ひらめ）くことがあった。

「おれは、こういう確信のもとでやろうとしているのです。それをこれから話すが、聞いてくれますかい？」

「もちろんですとも。手前からぐうの音も出ないように、お話ししていただければ引き下がりましょう。さあ、お考えをお聞かせください」

真顔で聞く耳をもつ作二郎との真剣勝負に、鉄五郎は一つうなずきを返した。

「親父……いや、初代萬店屋統帥の遺言なのだが、『金には川と同じように流れというものがあって、活きた金の使い方は清い流れになるが、死んだ金は川底へと沈み澱んで腐り、役に立たなくなる。貧しい人たちに、ただ恵むだけでは川に金を放り捨てるのと同じことだ』と言っていた。今おれは、はっきりそれを思い出した。萬店屋の金蔵に収まっている数百万両の金は、川底に沈んだ腐った泥と同じだと。だからといって、奉公人に分け与えることはできない。仕事に見合う以上に金を与えたら、誰もせっせと働かなくなりますからな」

自分で語っていて、難しい話となりそうだ。鉄五郎は、頭の中を整理するために一呼吸置いた。そして鉄五郎は、頭の中で三味線を抱え、新内節を語るつもりでつづきに入る。

「おれが世の中の末端で泣いている人たちを助けるのは、それこそ萬店屋、いや三善屋で働く人たちとその家族のためだと思っているからです」

すらすらと、言葉も滑らかになった。目を瞑り、鉄五郎の語りを真剣に聴いている作二郎の様子がうかがえる。

「おれは、そんな弱い人たちを泣かせる大悪党を懲らしめるためなら、どんなに金を使っても構わないと思っている。そのためなら、なんでもやってやろうと考えた。ええ、いくら金がかかろうとも。金に糸目をつけずの大仕掛けを、以前にやったことがある。大旦那も、憶えていますよね」

「そんなことが、ございましたな」

鉄五郎の問いに、作二郎が大きくうなずいた。

貧しい浪人をたぶらかし、富を得ようとした悪徳大名を陥れるために大仕掛けを施した、半年ほど前のことだ。

「あのときも、作二郎さんには世話になった。奉公人のみんなも、よく働いてくれた。その代金として、萬店屋は数千両を三善屋廻船問屋には支払った。みんながよく働いてくれたんでな、その報酬だと」

「みんなには、特別の給金として分け与えました。おかげで奉公人一同やる気を出し、店はさらに活気に溢れてます」

思い出したように、作二郎が口を挟んだ。

「そうでもしないと金は、川のように流れないでしょうに。金蔵に寝かせておくだけでは、鼠(ねずみ)だって食いませんよあんな固いもの。腐ってて、腹を壊すだけだと避(よ)けて通ってますわ」

鉄五郎は、自分の言葉に酔った。そして、語りも聴かせどころに触れる。

「それが、川の流れのような、生きた金の使い方というんじゃないですかね。他人(ひと)の役に立つことをすれば、必ず自分たちの身に肥やしとなって戻ってくる。それが、萬店屋の統帥の務めだと、おれは思っています」

鉄五郎の語りはここまでであった。初めて、鉄五郎は心の内を明かした。自分でも、ここまでの考えは思い浮かべたことがない。心の中に潜在していたものが、意識となって渦巻いて表に出てきた。鉄五郎は、はっきりと意識した。これが自分の、真の考えだと。それを引き出してくれたのが、作二郎であった。

――さすが、廻船問屋三善屋の頭領だ。おれより、一枚も二枚も上手(うわて)をいく。

鉄五郎は、そんな思いを浮かべながら、向かいに座る作二郎の顔色をうかがっていた。

「なるほど、ようく分かりました」

得心したような作二郎の表情に、鉄五郎はほっと安堵する。

「そのようなお考えとあらば、この作二郎、統帥のお役に立ちましょうぞ」

「得心してくれましたかい？」

「ええ。さすが、鉄五郎様だ。手前の余計ないいがかりに、よく本音で返してくれました」

「ならば、大旦那は……」

「ちょっと、鉄五郎さん……いや、統帥を試させていただきました。人助けは、単なるご趣味と思えたものでしたので、どれだけ本気かってところを探ろうと。もし、まともな答を聞けなかったら、三善屋の旦那衆全員で押さえつけるつもりでした」

「そうだ、もう一つ大きな理由があります」

「ほう、もう一つとは……？」

「三善屋は、誰を相手に商いをしていると思います？　大体は、江戸の町民が働いて得た銭で商いが成り立っているのでしょう。だとしたら、世の中に出回らなくてはならない銭を、独り占めしてちゃいけないってことですよね。活きた金なら、どんどんおれは使わせてもらいます」

　作二郎の大きくうなずく様子に、これ以上信念を語ることはないと鉄五郎は言葉を止めたそこに――。

「旭日屋文左衛門と旗本大高玄之進の話を、もう少しいたしましょうかね」

作二郎が、居ずまいを正して言った。

夕七ツを報せる鐘の音が、作二郎の部屋にも届いてきた。

鉄五郎と作二郎が向かい合って、かれこれ一刻が経とうとしている。

「それで、統師はこれからどうなさろうと？」

時を気にすることなく、作二郎が問うた。

「まだ、これといって何も考えてはいない。今までの話は、まだ憶測の域を脱していないですから。これからそれの、裏取りに入ろうと考えています。そのための仕掛けを考えているんですが、今はまだ何も思い浮かんではいない」

それもそうである。ほとんどのことは、今朝からの動きの中で知れたもので、まだ数刻しか経っていない。しかも、それだって確信を得ているものではない。まだ、鉄五郎の想像で語る部分が大半である。

「ですが、おれの考えにほぼ間違いはないでしょう。その糸口が、なんとか見つかったところです。そいつを、どうやって解きほぐすかをこれからやっていこうかと」

「それにしても、今朝方からの動きだけで、よくここまでのことが知れましたな」

「ええ。それが、流れってものじゃないでしょうか。動く先々で、不遇の目に遭った人たちが、おれたちが行くのを待っているような気がしてなりません」

「そんな気配が、漂いますな」

「だから、おれたちはやらなくちゃいけないのですよ。そんなものに、損得なんぞつけちゃいけない。萬店屋は、そのためにあるのだと思う」

口角泡を飛ばし、熱い言葉を鉄五郎は投げた。

「同感ですな。三善屋の旦那衆も、みんな統帥の意気を感じるはずです」

作二郎が、心強いことを言ってくれた。

七

廻船問屋に船宿を兼ねる旭日屋の商いは、三善屋のやり方を模倣していると作二郎は言う。

本店は浅草御蔵の北側にあたる浅草諏訪町にある。その旭日屋は、店運を懸けて造った絢爛豪華な黄金の屋形船を、不発花火の爆発によって失くし、今や店の運営も風前の灯火となっていた。

「なぜに旭日屋文左衛門は、五万両もの金をはたいて、それほど豪勢な屋形船を造ったんでしょうね？」

「その答は簡単でして、幕閣や有力大名に取り入り、もてなすための水上の楼閣といったところでしょうな。たしかに中堅の廻船問屋ですけど、めきめき頭角(とうかく)を現して大手に迫る勢いでした。だがそれも、不発花火の一発でぶっ飛んでしまった。なんとも、気の毒なことで」

「五万両の屋形船が、一発の花火でか……そこに、何かありそうな気がする」

鉄五郎が、腕を組んで考えはじめた。夕七ツも過ぎ、日は西に傾いている。鉄五郎と作二郎が向かい合って、一刻半が過ぎようとしている。長い滞在であった。

「……旭日屋と花火師の失踪か」

呟きが、鉄五郎の口から漏れる。その花火師が光玉屋の沢治郎だとしたら、お糸を通して結びつく。

――北町奉行所の囚人留め置場で横たわっていたのが、沢治郎だとすれば……。

「……確たるものがあればな」

鉄五郎の独り言が、作二郎の耳に入った。

「確たるものとは？」

「殺されてたのが沢治郎さんだとしたら、旭日屋が絡んでいるかもしれない」

「旭日屋文左衛門が殺しをと、統帥はおっしゃるんで？」

「いや、そこまではまだ。しかし、顔面を潰すほど残酷な仕業です。相当な恨みか、よほどの事情があるのでしょう。ところで、旭日屋の文左衛門って人は残忍な男ですか？」

「いや、どちらかといえば温厚な男ですな。まさか、文左衛門さんが殺しに絡んでいるとは。だが、野心だけは人一倍強い、山っ気というのを感じてましたな」

作二郎と文左衛門は、組合の寄り合いでよく顔を合わせる。そのたびに「――三善屋さんのような大店を目ざしている」と、口走っていたという。

「手前のところを目指していたんでしょうが、少々商いに手荒いところもあった。あの豪華絢爛な屋形船を造ったのも、旭日屋としての大博奕だったんでしょう。文左衛門さんの、焦りを感じていました」

「絢爛豪華なってか……そうだ、いいことを思いついた」

何か閃いたか、鉄五郎がポンと膝を叩いた。

「いいことというのは？」

「大旦那、旭日屋が造ったその黄金の屋形船って、どこで造ったか知ってますかい？」

「ええ。江戸一番の船大工っていわれる石川屋と聞いていますが。それを飾る装飾物は、江戸でも指折りの宮大工の棟梁が、音頭を取ったといいます。屋根の前と後ろには、金で拵えられた鳳凰が飾られ、船の前方と後方を見据えていました。一羽だけでも、五千両かかったと。欄間から障子戸に至るまで、飛びぬけて腕のよい職人が携わったといいますから、それはそれは大変なもので。まるで、祭の神輿がそのまま川に浮かんでいるとでも、思ってもらえばよろしいでしょうな」

頭の中で想像しただけでも、眩しく感じる。

「そいつを、造ってやりますかい」

「なんですって？」

「そっくり同じような、黄金の屋形船を造ろうかと」

「五万両もかけてですか？」

「ああ、安いもんだ」

「安いもんだって、ねえあんた……いや、これは失敬」

鉄五郎の発想に、作二郎はさすがにあきれ返るか、口が開いたままで塞がらないでいる。

「それを造って、どうなさるんで？」

「旭日屋文左衛門に、差し上げようと思ってます」

「差し上げるって、無料でですか？」

「ただでないと、差し上げるとは言いませんでしょ」

「相手が。受け取るかどうか……？」

「受け取らせるのです」

「それで、どんな魂胆がおありで？」

作二郎の問いに、鉄五郎がニヤリと不敵な笑いを漏らした。

「それについては、こう考えています。ちょっと耳を……」

大声では話せないと、鉄五郎は小声で策を語り、やがて前屈みになった鉄五郎と作二郎の体は起き上がった。二人とも背筋を伸ばし、ふーっと息を漏らしたのも同時であった。

「これまた、大層なものですな」

「いえ、こんなのはまだ探りの一歩で序の口です。おれは、こいつの裏には大物が絡んでいるとみています。そいつを暴き出して、鉄槌を食らわせてやる。なんせ、すでにもう四人もの町人が、魔の手にかかって死んでるのですからな。青物屋のお常さんも、殺されたのと同然だ」

鉄五郎が、口調を荒げて言い放った。

「もし、旭日屋さんがこれらの事件に関わってないとしたらどうなさいますので？」

「もちろん気前よく、船は旭日屋にくれてやります。そのときは、一緒に切磋琢磨して業界を盛り上げましょうとか言ってやればいいでしょ。そしたら作二郎さんの、男伊達が上がろうってもので」

「なるほど」

「だったら、このあとの段取りを話しますかい」

　この後もしばらく、鉄五郎と作二郎の話がつづく。

「船ができるまで、早くても二月もかかるのか」

　問題は、船が出来上がる期間であった。

「それも、かなり急がせて……」

「もっと、早くできないものですかね。できれば、半月ぐらいで」

「旭日屋の船は半年かかったといいますから、二月でも難しいくらいで。半月とは、とても無理な話でございますな」

　作二郎が、首を振り手を振りながら返した。

「おれの前では、無理とか無茶とか言わないでくれませんかね」

「あいすいませんが、無理なものは無理としか申しません」

「それでも、造らなきゃならない」

生憎と、萬店屋は造船事業には携わってはいない。ここは造船大手の石川屋に発注し、江戸一番の宮大工に造らせる。

「一度造っているから、あとは手間の問題でしょう」

「あの複雑な、欄間の彫刻はかなりな手間と日数がかかるでしょうな」

「その船を造るのに、おれにはちょっと考えがあります。そこで、あしたから準備で十日、船を造るのに二十日と決めます」

鉄五郎はきっぱりと、一月という期限を区切った。

鉄五郎が、作二郎のもとを辞したのは暮六ツの鐘が鳴る、少し手前のころであった。

両国橋を渡り、広小路へと戻る。

「讀売屋に寄って、甚八さんに話をするか」

鉄五郎は独りごちると、足先を大伝馬町へと向けた。お香代も、何か探り出しているはずだ。それも聞きたいと、脚の回転を速くさせた。

讀売屋に着くと同時に、暮六ツを報せる鐘が鳴り出した。「……きょうは、新内流しは休みだな」と、鉄五郎は一言呟き遣戸を開けた。日が暮れても、讀売屋には休みがない。職人たちが交代で、日夜せっせと働いている姿があった。

「……こういう人たちが、報われる世の中にならなくてはな」

呟くだけで、声には出さない。仕事の邪魔をしてはまずいと、鉄五郎は誰にも声をかけずに奥へと向かった。

「甚八の大旦那はいるかい？」

記事取りたちが仕事をする部屋の襖を開け、鉄五郎が誰にともなく声をかけた。部屋の中ほどで、お香代と浩太が居残って話をしている。

「あら、鉄さま……」

鉄五郎の声に、二人の顔が向いた。

「今まで、廻船問屋の作二郎さんと話をしていた」

「あれから、ずっとですか？」

お香代と別れてから、かなりの時が経っている。

「ああ、そうだ。そのことで、大至急甚八さんに話があってきた」

「生憎大旦那は、人と会うと出ていったばかりで」

「どこに行ったか、分かるか？」

「はい。行きつけの料理屋だと思います」

「そうか。ならば、どうしようかな？」

「手前が行って、呼んできましょうか？」

「いや、人と話しているところでは申しわけない。ならば話が終わるまで、おれがここで待ってるとだけ伝えてきてくれ。今夜中に、どうしても話しておかなくてはならないことがあるってな」

讀売屋大旦那としての、甚八の立場もある。自分の都合で人との付き合いを邪魔するほど、鉄五郎は無粋ではない。「かしこまりました」と言って、浩太が出ていった。

鉄五郎とお香代は、西洋の間へと移った。

「今、浩太兄さんと話してたのですけど……」

チエアに座ったと同時に、お香代が切り出した。

「何か、分かったか？」

「やはり、北町御番所の遺体は花火師の、沢治郎さんみたいでした。浩太兄さんが、調べてくれまして……」

「そうか、やっぱりな。それで、遺体はどうなった？」

「いえ、そこまでは。分かったのは夕刻でして、おそらく親方の喜兵衛さんが、北町御番所に引き取りに向かっているものと」

今朝方目にした向嶋の遺体は、やはり沢治郎であった。

「お香代、今夜は夜通しで話し合うけどいいか？」

「もちろんですとも」

「どこかのいい男と、これから逢引きでもするんじゃなかったのか？」

「とんでも、ございません。あたしのお相手は、鉄さま一人でございます」

「そうか。残念だが、おれにはお松がいるぞ」

「お松さんから、鉄さまを取ろうとは思ってもおりませんから、ご安心ください。それに、色恋沙汰でしたら鉄さまはあたしの好みではございません」

「ほう。お香代の好みってのは、どんな男だ？」

「そうですねえ。あたし、強い男ってのは本来嫌いなのです。おとなしく、はいはいとあたしの言うことをよく聞いてくれる、弱々しい男が好きなの。そうしないと、釣り合いが取れないから」

人の好みというのは、千差万別で成り立っているものと、鉄五郎は思った。しばし、他愛のない話で逸る(はや)気持ちを押さえた。

「ところで、お香代のほうは何か知れたか？」

鉄五郎が、本題に引き戻す。

「はい。まずは、旗本大高玄之進の屋敷がどこにあるか知れました。山伏(やまぶし)の井戸の北側です。萬店屋の本家とも、さほど離れてはおりません」

山伏井戸とは江戸開闢(かいびゃく)のころ、初代将軍家康(いえやす)に仕えた根来(ねごろ)同心と呼ばれる山伏たちが、精気が漲(みなぎ)るとこの地の水を好んで飲んだという言い伝えがある場所で、武家屋敷の中にその名残(なごり)となるものがあった。萬店屋の本家からは、およそ三町と近い。

「そんなところに大高の屋敷があったとは、知らなかった」

近所ではあっても、滅多に行かないところだ。だが、この件でその距離がぐんと近くなった。

「この大高という旗本の屋敷に、何かがあるとおれは思っている」

「いったい、何が？」

「それを、これから探ろうってのだ」

「どうやって？」

「これからみんなして、考えるのさ」

壁に貼ってある世界の絵図に目を向けながら、鉄五郎が独りごちるように言った。

それから半刻ほどして──。

「待たせてすまなかったな鉄さん、何かあったかい？」

甚八が息急切って戻ってきた。

# 第三章　深川(ふかがわ)の浜

## 一

鉄五郎と甚八がテブルを挟んで向かい合ったちょうどそのころ、高砂町の家に萬店屋本家の手代である清吉(せいきち)が訪れていた。

「統帥はまだお帰りではないので？」

「朝出ていったまま、まだ戻ってないのです。仕事に行かなくてはならないってのに」

松千代の頭には吹流しの手拭いも載り、新内流しの仕度(したく)は調(ととの)っている。その格好で松千代は、鉄五郎の帰りをずっと待っていた。

「どちらに行ったのか分かりませんので……？」

「ええ。吉原のほうへ行くと言って出かけたのですが……いえ、吉原といっても用事は別のことですけど。ところで何か、お急ぎのご用ですか？」

清吉が来るときは、大抵は急ぎの用件である。

「今、廻船問屋の大旦那作二郎様が来ておりまして、統帥を呼んできてくれと。それと、造船大手の石川屋のご主人久郎左衛門さんと、宮大工の政五郎さんが、ご一緒にいらっしゃっています」

鉄五郎が辞したあと、すぐに手配をしたのであろう。作二郎の、迅速な対応であった。その事情を、松千代は知るはずがない。

「いったい、どうしたのかしら？」

「なんですか、夕七ツ半ごろまで作二郎様のもとで話していたようでして、それからですと一刻はゆうに経ってますな」

「もしかしたら、伝馬町の讀売屋さんに……」

松千代は、鉄五郎に慌しさを感じていた。たとえ讀売屋にいなくても、何かが知れるはずだ。出がけに、今日はお香代と一緒だと言っていた。

「わたくしこれから、讀売屋さんに行ってきます。清吉さんは戻って、作二郎様たちを引き止めておいてください」

「かしこまりました」

何かが動き出しているのだろう。そう感じ取った松千代と清吉の動作は機敏となった。松千代は伝馬町に向かい、清吉は萬店屋本家へと戻った。

西洋間の大きなテブルを挟み、鉄五郎が甚八に経緯を語っている。脇では、浩太とお香代も話に耳を傾けている。

経緯を話し終え、話は作二郎との語りの段に入っている。

「そんなわけで、これから黄金の屋形船を造ろうと思ってるんだ」

「あの、爆発した屋形船って、五万両もしたんで？」

そこまで費用がかかっていたとは、讀売屋の誰も知らなかった。

「なんせ、本物の金を大量に使っていたらしいので。おれは、そいつと同じようなものを造ろうかと考えてる」

「なぜに、そんな船を……？」

甚八の問いであった。

「あまりもたもたしてたらお糸さんみたいな娘が、まだまだ出てくるかもしれない。そんなんで、一月(ひとつき)以内で造ろうかと思ってる」

「だったら、そんな船を造らなくても別の方法で……」

お香代の問いに、鉄五郎は小さく首を振った。

「この事件の裏には、幕閣が絡んでいるのは確かだ。何を企んでいるのか分からないが、かなりの大物が隠れていそうだ。それを炙り出すのに、旭日屋文左衛門を取り込もうと思っている。旭日屋は今、風前の灯火ってことだ。手っ取り早く文左衛門を動かすには、今はこの手しか思い浮かばない」

「お言葉ですが、よろしいですか、鉄さん。五万両の屋形船を造るなんて、もったいないもいいところだと思いますが」

鉄五郎の顔色をうかがいながらの、浩太の反論であった。

「浩太の言うとおりだ。五万両の船なんて、馬鹿馬鹿しいと俺も思うが」

「お金、かけすぎじゃないの」

浩太の言葉に、甚八とお香代が乗せた。

「とんでもない。おれからすれば、鰻を半分食い残して捨てちまうほうが、よっぽどもったいないと思うぜ」

「よく分からないわ、鉄さまの考え。いったい、どういうこと？」

お香代が、不満そうな表情を浮かべながら問うた。

「金を蔵の中に置いといては、ただ腐るだけだ。それを世の中に流そうってんだから、どれだけの人が潤(うるお)うと思う。蔵の中が空っぽになったって、おれは悪党退治のためならなんでもやるぜ」

鉄五郎の意気込みが、唾の飛沫(しぶき)となって飛ぶ。「汚いわね」と言いながらも、お香代は避けようともしない。

「だけどな、お香代。おれは屋形船なんかに、五万両なんて金をかけたりはしない。無駄か無駄でないかは、おれだってわきまえてるさ」

「だが、同じ船を造るとなると……」

「そうは言ってませんよ、甚さん。おれは、同じようなものを造ると言ったんだ」

「というと……？」

「文左衛門を喜ばすためなら、黄金の屋形船に見せかけた、まがい物で充分でしょうよ。もっとも、それでも金はかかるだろうけど、それは仕方ないな。悪党たちを完膚(かんぷ)なきまで叩き潰すには、たとえ見せかけでも大仕掛けが必要だ。そのためには、少なくとも一月(ひとつき)はかかる。船が出来上がったときが、悪党どもの命日ってことにする」

「大仕掛けって、今度は何をしようってんで？」

甚八の問いに、鉄五郎は小さくうなずいて答える。

「黄金もどきの屋形船を使って、仕掛けようかと思っている。だが、今はまだ何も思い浮かんではいないけど。これからいろいろと探り、裏を取らなくてはいけないし。その成り行きで、仕掛けを考えるってことにしますわ」

「なるほど」

「そんなんで、これから三善屋の力を結集して事に当たろうかと思ってる。どうか、協力を仰ぎたい」

鉄五郎がテブルに両手をつき、頭をさげた。

「協力を仰ぎたいなんて、そんな他人行儀なことは言わんでくれ。いつでも俺たちは、鉄さんの味方だぜ」

「甚さんにそう言ってもらうと、こんなに心強いことはない」

「そういやあ、鉄さんが統帥になってから、なんだか三善屋全体が活気を帯びてきたからな。大旦那から小僧まで、みな活き活きしてる。現にうちだって、讀売の発行部数が他所(よそ)よりも多くなった。記事も、他所を出し抜くものが多くなったしな」

「甚さん、それが力(ちから)ってもんじゃないですかねえ」

「鉄さんの言うとおりだ。三善屋の力を、世のために使おうっていう考えには同感だ。みんな、あんたさんにくっついていくぜ」

甚八の、つくづくとした口調であった。そこに、間仕切りの外から声がかかった。

「鉄五郎さんは来ておられますか？」

こんな時限でも働いている、刷り師職人の声であった。

「いいから開けて入ってきな」

甚八の声で、引き戸が開いた。すると、職人の代わりに入ってきたのは松千代であった。

「どうした、お松？」

「はっ、早く、お帰りよ。今、ほっ、本家に……」

相当急いで来たのだろう。鉄五郎の問いに、松千代の声は嗄れて引きつっている。

「お松さん、水をもってきてあげるね」

お香代が気を利かし、取っ手のついたテー茶碗に湯冷ましを入れて持ってきた。だが、すでに松千代の用件は鉄五郎に伝わっている。

「ああ、おいしい」

ぐっと一息に湯冷ましを呷って、松千代は一息ついた。

「俺たちも、一緒に行くぞ。すぐに仕度しな」

「かしこまりました」

甚八の号令に、お香代と浩太の声がそろった。

五つの提灯が横並びとなって足元を照らし、伝馬町から浜町へと向かう。

みな、歩きには慣れていて達者である。ザッザッザッと、そろう足音に野良犬が避けて通る。

讀売屋から萬店屋本家まで、およそ七町の道はいつもの半分で着くことができた。

門前で、清吉が待っている。

「みなさん、お待ちかねです」

清吉が先に立ち、五人を案内する。松千代も話が聞きたいと、加わることにした。

三千坪の敷地がある、大豪邸である。浩太とお香代は、初めて萬店屋の本家に足を踏み入れ、提灯の明かりが届かない真っ暗な敷地内を見回している。

広い客間の真ん中に大番頭の多左衛門と廻船問屋の作二郎、向かい合って石川屋の主久郎左衛門と、宮大工の政五郎が座っている。みな四十を過ぎていて、人生の修羅場を掻い潜って生きてきた貫禄が滲み出ている。

「すまない、お待たせしちまって」

鉄五郎が深く頭を下げ、詫びを言いながら部屋へと入った。

下座に鉄五郎と甚八が並んで座り、そのうしろに松千代と浩太、そしてお香代が並んで控えた。

「このお方が、萬店屋の統帥で鉄五郎様でございます」

作二郎が、上座に座る久郎左衛門と政五郎に、鉄五郎を紹介した。

「手前が、石川屋の久郎左衛門です」

「あっしが、政五郎で」

二人の顔が、甚八のほうを向いている。紬の小袖に羽織を纏っている。初対面ならば、誰しも統帥は甚八だと思うだろう。

「して、お隣のお若いお方は？」

鉄五郎に顔を向けながら、久郎左衛門が訊いた。

「このお方が、鉄五郎様で……」

甚八が、苦笑を浮べて言った。その背後では、松千代が下を向いて笑いを堪えている。

「おやなんと、これは失礼を申し上げました」

久郎左衛門が顔を赤くして、詫びている。

「こんな形では仕方がございません。手前が、鉄五郎です。どうぞ、よしなに」

小袖の着流しに、素足(すあし)である。それも、一日着て歩き汗と埃(ほこり)にまみれている。

「お若いのに、萬店屋の統帥でございますか？」

宮大工政五郎の問いであった。

「お若いが、初代統帥善十郎様に負けず劣らずの遣(や)り手でござりますぞ。とにかく、お体以上に大きなお考えの持ち主です」

大番頭の多左衛門が、鉄五郎を持ち上げた。

「どうでもいい挨拶はこのくらいにして、本題に入ろうではありませんか。もたもたしてたら、夜が明けちまいます」

鉄五郎は、あえて職人口調となった。ざっくばらんに、久郎左衛門と政五郎に向き合おうとしたからだ。荒くれの職人たちを束ねてきた男たちである。そのほうが、話が通じやすいと踏んだ。

「だいたいのあらましは、作二郎さんから聞きやしたぜ。旭日屋と同じ屋形船を造れってことでやすな」

政五郎が、職人口調で言った。

「萬店屋さんでは、その船をどうしようってんです？」

「旭日屋さんに、差し上げようと思ってる」

久郎左衛門の問いに、鉄五郎は鸚鵡返しのように答えた。

「あの船は、五万両もかかったんですぜ。それを、ただでもって……？」

「ええ、そうで。同業として、潰れるのを見てはおられませんから、救いの手を差し伸べようかと思いましてな」

「それはたいした心がけだ」

本心を隠す鉄五郎に、久郎左衛門の感心する声が返った。

「どうです、造ってもらえんですかね？」

「それはもう……政五郎さんは、どうかね？」

「あっしも、喜んで。あれほどのものをまた造れるとは、宮大工冥利でありやす」

「それじゃ、造ってもらえるってことで、よろしいですね？」

鉄五郎が、念を押すように訊いた。

「ええ、ありがたく。こちらこそ、お願いしやす」

五万両の大商いに久郎左衛門は頭をさげ、政五郎は職人気質で請け負った。

「でしたら、これから一月以内でそれを造り上げてもらいたい」

鉄五郎の言葉も、萬店屋統帥の立場からのものとなった。

「なんですって？」

「一月じゃ、とても無理だ」

「旭日屋さんは今、黄金の屋形船もなくなり、風前の灯火だと。その命は、一月だと聞いてます。せっかく贈り物をしようってのに、相手がいなくなってはしょうがない」

「ですが、とても一月であれだけのものは無理だ。あの船を造るのには、半年以上もかかったのですぞ」

到底造れないと、久郎左衛門が首を振り手を振り拒んだ。

「今、喜んで造るって言ったではないですか」

「それは、納期を聞く前……」

「でしたら、返事をする前にどうしてそれを訊かないのです？　あとでできませんなんて言われてもねえ」

「いや、それとこれとは……」

「つべこべと、御託なんかいりません。常日頃、日本一を豪語する造船屋の頭領でございましょ。それと、政五郎さんだって、自分は日本一の宮大工だと思ってるでしょうに。そんなお二人が、萬店屋本家のど真ん中で、そんな情けないことを言っててよろしいんですかい？　でしたら萬店屋が、これから新規事業で造船にも乗り出しますぜ。それと、江戸中の宮大工を束ねることにしますわ。萬店屋を相手に、商売をなさろうってかい？」

「いや、萬店屋さんに乗り出されたら、こっちは大打撃だ」

廻船問屋三善屋の船は、ほとんどが石川屋で造られたものである。今も、菱垣廻船の五百石船を新たに二艘造っている。それを、これからは萬店屋で造ると鉄五郎は脅しにかけた。

「そうにされちゃ、石川屋さんだって、お困りでございましょう」

鉄五郎は、言葉に緩急をつけた。

「手前だって、無理なことを言うつもりはありません。早く造ってもらいたいがために、ちょっと言葉が強くなりました。このとおり、申しわけない」

鉄五郎が深く頭を下げて、詫びた。

「ご統帥、頭を上げてくだされ」

久郎左衛門と政五郎が、恐縮と戸惑いを見せている。そこをすかさず、鉄五郎が口にする。

「黄金の屋形船とはいっても、五万両なんて金はかけられない。なんとか、一万両くらいで……」

「それはとてもでないが……」

「半年もかけて、五万両で造った船ですぜ」

「お二人の反論は分かります」

鉄五郎は、言葉を丁寧なものに戻した。

「何も、本物と同じ船を造れとは言ってません。ええ、半日で剝げたってかまいません。ええ、まがい物でけっこう。本物の金など使わず、見てくれだけでも」

このときぼんやりとだが、鉄五郎の脳裏に大仕掛けの構想が浮かんでいた。

「それでも一万両かけるってのは、それで職人衆を数多く集め、人海戦術という策でいけばどうにかなるだろうと思いましてね。そういうところでしたら、いくら金がかかってもかまいはしません。あの豊臣秀吉公だって、一晩のうちに張りぼての城を築いた。それと同じことを、久郎左衛門さんと政五郎さんにできないはずはないと思いますがね」

鉄五郎の説き伏せに、苦渋に満ちた久郎左衛門と政五郎の顔から皺が消えた。

「図面はできてるからな」

「一度造ったものだから、作業はなんとかなる。問題は、船を造る木材を集めるのが難儀だな」

互いに顔を見合わせ、算段に入った。

「萬店屋は、材木問屋も商ってます。檜だろうが松だろうが杉だろうが、なんだって取り揃えられる」

「あの屋形船は、総檜に漆を塗って仕上げたが……」

「だったら、杉に黒い墨を塗ってごまかしたらどうでしょう。なんてったって、浮かべばいいんだから」

「それにしても、なんでそんなものを？」

職人気質としては、いい加減な仕事には引け目を感じる。そんな思いが宿った、政五郎の問いであった。

「銭をかけるだけが能じゃないでしょ、政五郎さん。これから造る船には、人の命がかかっている。それを救う船と思ってもらえばいい。黄金で飾った船よりも、どれほど役に立つか分からない。そのためだと、思ってもらいたいのです」

「人の命を救う……」

「分かりました。引き受けましょう」

久郎左衛門と政五郎の声が返った。

「ありがたい、造ってもらえますか。でしたら、木材の加工が必要とあれば、こっちでもそれなりの職人を集めます。総勢、いく人くらい必要で？」

船を造る上で、それぞれ専門の職人がいる。木を削る者、形を取る者、そして組み立てる者、塗装をする者などなど。口入三善屋でも、人の調達をすると鉄五郎は言った。

これから夜通しで、その積算に入る。

## 二

萬店屋の本家で、そんな算段がなされているそのころ。

三町離れた旗本屋敷では、二人の男が渋い顔をつき合わせていた。一人は羽織袴（はかま）を纏（まと）った身分のある三十代半ばの武士で、刀架（とうか）を背にして座っている。もう一人は五十歳手前の町人で、身形（みなり）は小袖に羽織を纏った商人であった。

「お糸が花火職人に連れ出されたのは誤算であった。男のほうはなんとか捕まえ処分をしたが、今朝方発見された」

「なぜに、向嶋の土手などに捨てたのですか？」

「身元不明にしておけば、あとは奉行所のほうがうまく片づけてくれる。そういう手はずになってるってことだ。奉行所のほうは御前が押さえているので安心いたせ。花火師の親方ってのが奉行所に、夕方になって確かめに行ったそうだが、すでに無縁仏として墓に埋めたあとだ。もう誰も、あの男のことは、確かめることもできん」

「ならば、これで枕を高くして眠れますな、大高様」

商人が、大高という名を出した。

「いや、油断をしてはならんぞ、旭日屋。朝方に、男女の二人連れが奉行所を訪れ、遺体を見ていったそうだ」

旭日屋という屋号で、二人の名が知れる。上座に座るのは大高玄之進で、それと向かい合うのは旭日屋文左衛門であった。

「それで？」

文左衛門が、一膝進めて訊いた。

「知り合いとは違うようだと言って、帰ったそうだ」

「ならば、一安心ですな」

乗り出した体を引っ込め、文左衛門がほっと安堵の息を漏らした。

「お糸はどうにか、心の臓の発作に見せかけて死なせることができた。奉行所では身元不明の女の行き倒れとして、すでに無縁墓に葬ったようだ」

「それも、御前様のお力添えで……」

「滅多なことは口にするな、文左衛門」

「申しわけございません」

「それにしても、これで二人目だ。一月前のお光の場合は、隙を見て逃げ出したが薬でもって体が衰弱していたおかげで、逃げる途中でくたばってくれた。このときは身元不明の相対死の片割れとして処理がなされ、御前の手を煩わすことはなかった」

「もっと、監視を厳しくなされませんと……」

「そんなこと言われなくても、分かっておる。御前からも、大目玉を食ったばかりだ」

いらつく大高の声音が高まる。

「大高様、声が大きゅうございます」

「そうだな」

文左衛門から言われ、大高玄之進の声音が小さくなった。

「外の空気を吸わそうと、二度とも庭に連れ出したところで逃げられたからな。そのため、地下牢から離れに娘たちを移した。あそこならば、外に出さなくてもうまい空気が吸えるからの」

「意外と、お優しいところがありますので」

　文左衛門が、皮肉めいた笑いを浮かべて言った。

「いや、そうではない。娘たちは大事な商い物だ。死なせては絶対にならんからの。もう、同じ間違いは二度としてはならん」

「そうなさっていただかないと、一月後に下田沖に船がまいりますから」

「一月後か。それは確かか？」

「はい。昨夜、品物受け渡しの密書が届きました」

「左様か。それまで娘たちを……」

「大高様、そのことも……」

　文左衛門が口に指を立て、大高の言葉を止めた。

　不埒な話し合いがなされている。娘たちを巧妙に拐し、どうやら異国に売りさばこうとの魂胆らしい。

「ところで、旭日屋の身代はそれまでもつのか？　風前の灯火と聞いておるが」

「世間に、そう思わせておるだけです。さすれば、今度の仕事を区切りに、廻船問屋から手を引こうと思っております。いずれ儲からない商いですし、手前は御前の壮大な夢に懸けておりますから」

「それは、わしも同じだ。あのお方についておれば、この世の中をひっくり返せる。天下は、こっちのもんだ」

「大高様、そのお言葉も、口になさりませんように」

　ぐっと声音を抑え、文左衛門が大高をたしなめた。

「そうであった。どこに耳があるか、分からんからな」

「これからは、用心に用心を重ねませんとなりません。幸い、今はまだ誰もこちらのことに気づいている者はおりませんけれども……」

「あい分かった。この話は、これまでとしようぞ」

「ただ一つ、気になることを大高様のお耳に入れておきませんと……」

「なんだ、気になることとは？」

「お糸の母親が、急にぽっくり……」

「逝っちまったというのか？」

「そのようでございます。今夜が通夜で、あす弔いだとか」

「心の臓を患っていたのは、娘ではなく母親だったということか」

「それで、手前が様子を見に行きましたところ、若い男と女が先に来ておりまして……」

「若い男と女がだと。それがどうしたというのだ？」

「男のほうに、見覚えがありまして」

「誰なんだ？」

「それが、新内流しで……」

「新内流しって、夜な夜な三味線を持って歩く、あれか？　だったら、何も気にすることはなかろうに。ちょっと、おどおどしすぎだぞ、文左衛門は」

「それが、ちょっと話し声が聞こえましてして」

「どんな話をしていた？」

「寅吉が、尋常ではない死に方ってとかなんとか、訊き返してたようで。聞こえたのは、そこだけだったのですが」

「急にぽっくりならば、たしかに尋常ではない死に方だろう。お糸とは、関わりあるまい」

「左様でございますな。手前の取り越し苦労でありました」

「そんなことはともかく、御前があと五人ほど娘をどうにかしろと言ってきた。次の船が来る前に、なんとかせんといかんな」

「大高様は、いったいいく人の娘を養女になさいますのでしょう。これで、十二人目となりますが。そこから二人、減りましたが」

「余計なことを言うのではない。どこに耳があるか分からんと今しがた言ったではないか」

「さようでございました」

「ならば、次の段取りに入るとするか。もう少し、近くに寄れ」

大高の手招きに、文左衛門が座ったまま膝を三尺ほど進ませた。両者が前屈みとなって、額（ひたい）をつき合わす。三町離れた萬店屋の本家で話題の中心となっているのも知らずに、大高玄之進と旭日屋文左衛門の密談が交わされる。


この夜萬店屋では、日が変わる真夜中まで、話し合いがつづいていた。

萬店屋の手代清吉も加わり、都合十人が丸座となって屋形船の造船と、今後の探索などについて語り合っていた。

造船の手配は、作二郎が音頭を取り、石川屋久郎左衛門と宮大工の棟梁政五郎が段取りを立てている。

「それぞれの職人を集めるに、どれほどの人数が必要か算段してもらいたい」

久郎左衛門と政五郎に、作二郎が注文を出した。文机（ふづくえ）が二卓用意され、草紙紙に書き取っている。

「黒墨と金粉塗りの職人が三十人。欄間の彫刻でひい、ふう、みい……」

「政五郎さん、声を出さないでくれんかね。こっちも人数を数えてるんだから、数が分からなくなる」

「それは、あいすいやせん」

久郎左衛門と政五郎のやり取りが交わされる。

「別々の部屋で、分かれてやったらどうです？ 部屋は、数えきれないくらいあるんだから」

鉄五郎が、提案する。

「いえ、打ち合わせをしながらやらんとならないもので」

「だったら、静かにやってくださいな。そうだ、おれたちの話も邪魔になるだろ。部屋を、移ろう」

造船の三人を客間に残し、鉄五郎たちは別の部屋へと移った。

大番頭の多左衛門が気を利かせ、夜食を作らせた。それが、女中たちによって運ばれる。

「腹が空いたでしょう。酒の用意はございませんが、どうぞ召し上がってください」

「こいつはありがてえ」

　山にして盆に載せられてきた、塩むすびを食しながらの話し合いとなった。

　すでに鉄五郎とお香代の口から、詳細が語られている。

「三人が殺され、もう一人はその心労から亡くなった。すでに、四人が不幸な死を遂げている。その怨念が、成仏しないで今この部屋でさ迷っているぜ」

　言いきる鉄五郎の言葉に、みな部屋の中を見回している。

「この霊を成仏させてやるには、どうしても奴らの尻尾をつかまえなくてはならない。だが、生半可な相手ではなさそうだ。そんなんであしたから……いや、日が変わったのできょうからか、旗本大高玄之進と旭日屋文左衛門、そしてその背後に潜む黒幕が誰かを絶対に暴いてやる」

　鉄五郎が、意気込みを語った。

「ところで黒幕といいますが、幕府の重鎮とみてよろしいのでしょうかね？」

「ああ、幕閣の誰かに間違いない」

　浩太の問いに、鉄五郎が答えた。

「大奥と、関わりがあるんですかね？」

　お糸の話の中で、寅吉から聞いた大奥の話も出てきている。

「いや、それはなんともいえない。おれの勘だが、娘を集めるのに大奥を出汁で使っていることも考えられる」

「騙りってことかい。ならば、なんのために娘たちを拐すので？」

甚八の問いであった。

「それを、これから調べるので。どんな魂胆が、その中に隠されているかってことを……」

まずは、大高と旭日屋の企みを知る必要があると、鉄五郎は説いた。

「それと、花火師の沢治郎殺しだ。顔を潰されるほどの、酷い殺され方であった。あの殺しだって、奴らの手にかかったのは間違いない。あんないい男を無残に殺すなんて、勘弁できねえ」

袖をめくって、鉄五郎は憤りを示す。

「それとまだありますね、探ることが」

松千代が、口にする。

「どんなことで、姐さん？」

浩太が、松千代に問うた。

「一月前の、栄橋の袂で死んでいた娘さん。この方の身元はまだ分かってないのでしよ。可哀想に、家にも帰れないじゃない」

「そうですよね。早く、身元を探してやらなくては」

こうなったら、手分けをして探ろうとなった。

「それは、浩太に頼むとするか。甚さん、それでいいかな？」

「ええ。いちいち、俺に断らなくてもいいぜ。浩太、しっかり探ってこい」

「かしこまりました」

浩太の役割が、これで決まった。大きくうなずくと、浩太がにぎりめしを頬張り沢庵を齧り出した。

「腹が減っては、戦はできないですからね」

意気込みが、食いっぷりに現れている。

「そうだ、浩太。死んでいた娘さんの口から異臭がしていた。生臭い、変な臭いだった。そいつが何かも調べてくれないか」

以前甚八が、それは腹の中が腐ったからではないかと言っていた。だが、今となってはその考えは覆される。

「だったら、鉄さん。それって、何かの薬じゃないですかね」

浩太から、即答で返った。

「薬ってやつっていっても、体の役に立つもんじゃなく、人体を蝕(むしば)むご禁制の麻薬ってやつで」

「薬……？」

「麻薬だと。この国に、そんな物があるのか？」

「今は、いくらでも異国から入ってきてます。隣の清(しん)の国からは阿片(あへん)とか、遠く西洋からは『過去陰(カコイン)』とか『斜無離(シャブリ)』とか。『破死死(ハシシ)』って、恐ろしいものもあります」

さすがに讀売の記事取りである。こういうことには詳しい。

「阿片は知ってるけど、なんだい過去陰とか斜無離とか破死死ってのは？」

無頼であった鉄五郎すら、初めて耳にする名である。

「西洋の麻薬でして、摂りすぎると脳味噌が侵され過去陰はすべてを忘れさせ、斜無離は真っ直ぐ歩けなくなり、破死死は臓物が壊れ死に至るという、おっかない薬です」

「そんなものが、この国に入ってきているのか？」

「まだまだ他にも薬物が。ですが、まったく実態がつかめてないってのが現状です」

「御番所は、そんなものを取り締まらねえで、何をしているってんで？」

四角い顔を鬼瓦のように崩れさせて、甚八が怒る。

「今は、町人とは関わりのないところで流れているようです。実態をつかもうとしても手前らではとんでもなく危なそうで、手をつけることもできません」

浩太が、大旦那の甚八に向けて小さく首を振った。

「栄橋で死んでいた娘さんは、そんな薬に冒されていたのではないでしょうかね」

浩太の言い分に、鉄五郎の眉根が寄った。

「浩太の言うことが本当だとしたら……」

「そんな物が、この国で蔓延したら大変なことになる。なんとしても、食い止めなくてはならんな」

「ですが大旦那、まだ、麻薬と決まったわけではないですから」

甚八の、昂ぶった口調をお香代が宥めるように言った。

「いずれにしても、ないがしろにすることはできない。その麻薬ってのが関わっているってことを頭に置いて、浩太は探ってきてくれ」

「へい」

鉄五郎の指示に、浩太のうなずきが大きい。麻薬かもしれないと口にした手前、意気込みを前面に出したようだ。

「あたしは何をしましょう？」

お香代が、膝を乗り出して訊いた。

「お香代は、花火師をあたってくれ。沢治郎さんが殺された理由は、お糸さんと関わりがあるのは間違いない。それとだ、これはおれの考えだが、もしかしたら、旭日屋の屋形船を爆発させたのは沢治郎さんかもしれない」

確たる証しはなかったが、鉄五郎の頭の中はそこに傾いていた。

「沢治郎さんが……？」

「事故にしては、何から何まで絡み合ってる。許婚を取られた恨みが、黄金の屋形船に向いてもおかしくないだろう。だが、沢治郎さんはもう生きてないんで証しは取りづらいだろうが、何か見つかるはずだ」

「分かりました、任せてください」

「おれとお松は、大高と旭日屋をあたる。あいつらが、何を企んでいるのか暴いてやる。それと、黒幕が誰かってことをな。夜が明けたら、さっそく取りかかるぞ。お松も、いいな」

「あいよ、おまえさん。それで、これからどうしようってのさ？」

「家に帰って、寝床で考えるとするか」

「いやだよおまえさん、寝床の中じゃそんなこと考えてる暇なんて……」

「うぉっほん」

甚八の咳払いで、松千代の言葉が止まった。

「家に帰りたいところだが、町木戸は閉まってる。ところで、俺は何をしたらいい？」

「話の持ち寄りは、讀売屋でやろう。甚さんは、まとめ役になってください。それと、浩太もお香代も独りじゃ手を焼くこともあろうから、助っ人の手配をしてもらいたい」

「よっしゃ、分かったぜ」

「手前どもは、何を？」

自分らも一役買いたいと、問いが多左衛門の口から出た。

「大番頭さんには、とりあえず金の用意をしてもらおうか。手金として、石川屋と棟梁の政五郎さんに、とりあえず二千両ずつ渡してもらいたい。そうしておけば、あとに引けなくなる」

「かしこまりました」

「手前は何を……」

手代の清吉の顔に、自分も加わりたいと書いてある。

「清吉さんは、今までどおり多左衛門さんとおれたちのつなぎをしてもらいたい。それと、必ず清吉さんの手を借りたいことが出てくる。そのときは、一つ頼みます」

「かしこまりました」

清吉の返事と同時に、真夜中を報せる夜九ツの鐘が、遠く聞こえてきた。それでも、まだ話は尽きそうもない。誰も眠いとは言わず、さらに一刻が経ち、お開きになったのは丑(うし)の刻を報せる夜八ツの鐘が鳴りはじめたときであった。

三

廻船問屋三善屋の大旦那作二郎が、造船の手配を仕切る。

朝となって、作二郎の手から二千両の為替手形(かわせてがた)が石川屋久郎左衛門と宮大工の政五郎に渡された。夜中に、多左衛門が用意したものである。

「三善屋の両替店に行けば、いつでも換金できます。これは手付けということですから、残金は船が出来上がったときに支払います」

久郎左衛門と政五郎の膝元に、為替の書き付けが置かれそれを驚いた目で見やっている。

「何か、不服でも？」

「いや、そうではありません。それにしても、こんな大金を惜しげもなく……」

「惜しげがないということはございません。ですが、これは統帥のお考えで、金に命を吹き込むってことです。ですから久郎左衛門様も政五郎様も、そのおつもりで船を造っていただきたい」

脇に座る、多左衛門の言葉であった。

「分かりやした。この政五郎、命を懸けても本物に近い金襴屋形船を造ってやりますぜ」

「手前も、石川屋の名に恥じないような船を造りますぜ」

「お二方の意気込みはまことにありがたいが、これだけは一つお願いしたいと統帥から言われてます。くれぐれも、旭日屋と大高には知られないようにとのことです」

作二郎からの、注文であった。

「かしこまりました。誰の持ち船か、言わなければよろしいですな」

石川屋の造船所は、隅田川の河口にある佃島（つくだじま）の向かい側、深川の江戸湾南岸にある。

「深川の浜に、建屋がありますから」

五百石船などの大型船を造るのは、海岸の屋外である。だが、黄金の屋形船を造ったときに、雨風に晒してはまずいと建屋を建てた。そこで船を造るという。

「でしたら、さっそく取りかかっていただけますか」

「かしこまりました」

萬店屋が総力挙げて、悪党どもを陥れる大仕掛けの初手が繰り出された。

さっそく黄金もどきの屋形船の造船に入ると、作二郎たちは動き出した。


朝早く、お香代が一人で向かったのは、光玉屋の花火工房であった。

なぜに沢治郎が殺されたのかを調べるのと、旭日屋の屋形船爆破の真相を、詳しく知るためである。鉄五郎は、それを沢治郎の仕業ではないかと踏んでいる。その裏が取れたら大きな収穫だと、お香代は雇った猪牙舟に乗って考えていた。

季節は秋に近づいている。きのうの朝、役人たちが立っていた現場には今は誰もいない。すすきの穂が、風になびいているだけだ。お香代の乗る猪牙舟は、今戸橋を潜り山谷堀へと入った。吉原帰りの川舟とすれ違うのは、きのうの朝見た光景と同じだ。

だが、お香代の気分はこの一日で、まるっきり違ってきている。

光玉屋の花火工房には、当然沢治郎の姿はない。だが、工房に一歩踏み入ると、中の雰囲気がいつもと変わらないことに、お香代は首を傾げた。浩太から知らされて、喜兵衛は昨日のうちに御番所に行っているはずだ。だが、職人たちの様子からして、沢治郎が殺されたことはまだ知らされていないようだ。

沢治郎が殺されたことを知っていれば、職人たちの様子がいつもと違うはずだ。それが、きのう見た風景となんら変わりがなく、何ごともないように仕事に精を出しているのだ。

「親方の喜兵衛さんは、おられますでしょうか？」

何か事情があるのかと思いつつ、お香代は花火の仕込みをしている職人に声をかけた。

「おや、きのう来た娘さんか。親方なら、奥にいるよ」

と言葉が返っただけで、誰も案内しようとしてくれない。お香代は黙って親方の喜兵衛がいる部屋へと向かった。

「ごめんください」

工房とは仕切られた戸板の外から、お香代は声を投げた。「いいから、入りな」と、喜兵衛の声が返る。その口調は、憂いのない穏やかなものであった。

「おや、きのう来た讀売屋の、お香代さんとかいったな」

「お忙しいところ、どうも。沢治郎さんのことで……」

「きのう、あんたのところの浩太って人が来てな、沢治郎のことを聞いた。俺は半信半疑だったが、北の御番所に確かめに行った」

「そのことを、職人さんたちはご存じないので？」

「いや、黙っている」

「なぜにお話しなさらないので？」

喜兵衛の考えを知りたく、お香代が訊いた。

「御番所で確かめてから、話そうと思ったからだ。だが、俺が行ったときにはもう遺体は無縁墓地に葬ったそうだ。その遺体が沢治郎と確かめられなければ、とても職人たちに話すことはできん」

「左様でしたか。親方は、それが沢治郎さんだと思っておいでなので？」

「とても信じることはできんが、そう思わずにはおられんだろ。みんなには、いつ話そうかと迷っていたところだ」

喜兵衛の気持ちを聞いて、お香代は語ることにした。

「でしたら、まだ黙っていてくれませんか」

「というと、やはり……」

「残念ながら、沢治郎さんに間違いがないと。あれからあたしたちも御番所に行って、そのときはまだ遺体はございました」

鉄五郎が見たいくつかの特徴を語ると、喜兵衛の肩がガクリと落ちた。

「やはりか……」

「お力落としは分かりますが親方、ここは気丈になっていただけませんか」

「というと？」

「あたしたちと一緒に、沢治郎さんの仇を取るのです。実は、この事件にはいろいろなことが絡んでおりまして。許婚のお糸さんのことは、きのうお話しされましたよね？」

「ああ、言ったな」

「おそらく沢治郎さんは、お糸さんのことを探っていてこんな難に遭われたのだと推察されます。その下手人を、今あたしたちは探っているのです」

「なぜに、御番所ではなく讀売屋が？」

「御番所は、なんだかのらりくらりして。きのう行って、頼りないことこの上ないと。きのう一緒に来た鉄五郎さんが……」

「あの新内流しがかね。そんな男が、どうしようってんだ？」

「鉄五郎さんを頼れば、必ず仇を取ってくれます」

「あの男は、新内流しじゃないのか？」

「正真正銘の新内流し。でも、別の顔も持ってるのです」

「別の顔って、いったい誰なんで？」

「今は、語れないでごめんなさい。だけど、とても凄いお方。どうか、信頼なさってくださいませんか？　それともうすでに、大悪党をつき止めるために動き出しているのです。あたしがきょう来たのも、それでもってのことです」

お香代の真剣味こもる言葉に、喜兵衛のうなずきがあった。

「そうかい。だったら、俺も信じることにしよう。およばずながらも、できるだけ力になるぜ」

「そうしていただけると、とても助かります。でも、今のところはみなさんには内密に」

「ああ、話したいが我慢をする。騒がれては、探索がしづらくなるからだろ？」

「はい、そのとおりで。話せる段になったら、必ず花火師のみなさまにも。そして、お力を貸してもらいます」

「よし。それで、知りたいってのはどんなことだ？」

花火師の親方喜兵衛を味方につけたお香代は、ここぞとばかり切り出す。

「旭日屋の船を爆破したのは、沢治郎さんではないかと思ってます」

「なんだって！」

「それさえつかめれば、下手人をぐっと手元に引き寄せられます。そのことで、何か心当たりがございましょうか？」

「いや、まさかとは思うが、急に訊かれてもな。それだったらお香代さん、今ここでみんなに沢治郎のことを話したらどうだろ。どうせ、いつかは知れることだ。騒げば沢治郎のためにならないと、釘を刺せばいいことだろうし。あいつらなら、何か分かるかもしれんしな」

「分かりました。それでは……」

喜兵衛の言うことが得策だろうと、お香代は考えを改めた。

工房には、十人ほどの花火職人がいる。

「おい、みんな集まってくれ」

喜兵衛のかけ声で、一堂に集まる。眉間に皺が寄った親方の厳しい顔に、花火職人たちは何があったかと互いに顔を見合わせている。

「辛いことになっちまった」

喜兵衛の切り出しに、花火職人たちの顔が一斉に向いた。

「何があったんで？　まさか、沢治郎のことで……」

一番年長と見える男が、苦渋の声音を発した。

「実はそうなんだ。これから俺が話す前に、みんなには心得ておいてもらいたいことがある。驚くのは仕方ないが、騒がないでもらいてえ」

「そんなことはいいから、早く話しておくんなさいな、親方」

年長の男がせっつく。

「沢治郎は殺されちまった」

「なんだって！」

職人衆たちの驚愕の声が、工房に響き渡った。

「このお香代さんて方が、報せにきてくれた。沢治郎を殺した下手人を、今探っているとのことだ。だから、騒がれたら探索に支障をきたすと」

「なぜに町方役人でなく、娘さんなんで？」

「よろしいでしょうか、親方」

お香代が、喜兵衛に代わって経緯（いきさつ）を説いた。語るにつれ、職人衆に落ち着きが見えてきた。

「おおよそ、下手人の見当はついてます。今みなさんに騒がれますと、その相手に気づかれてしまいます」

「分かった。静かにしていようぜ、なあみんな」

「兆次(ちょうじ)さんの言うとおりで」

年長の男の名は、兆次と言った。そして、協力の同意も得る。

「そういえば沢治郎のやつ、隅田川の花火大会が終わったあともおかしかったな。仕事を終えると、黙ってどっかに行っちまった。いつもなら、疲れを酒で癒すため俺たちに付き合うんだが」

沢治郎の様子が以前とは違っていたと、職人の一人が言った。

「さっき、旭日屋の屋形船が不発花火でもって爆発したって言ってたよな」

その件は、話の中に触れてあった。兆次が何かに気づいたように口にする。

「もしかしたら……親方、沢治郎が画(か)いた花火の見取り図を見せてもらえませんかね」

「だったら、壁に貼ってるから俺の部屋に行こう」

みんなして、喜兵衛の部屋に移った。隅田川の花火大会で打ち上げた花火の見取り図に、職人衆の目が向いている。

「そうだ。この『菊花繚乱白糸滝流』って花火が打ち上がってなかったな」

花火には、それぞれに名がついている。開花図を見ると、菊の花が開いたあとに滝のような無数の放物線が流れるように描かれている。一尺五寸の大玉だという。

「これが、開いていなかった」

沢治郎が、最も力を込めて作った作品だという。

「それが、打ち上がっていなければ、沢治郎も騒いだろうに」

親方喜兵衛が、ふっとため息を漏らして言った。その意味が、お香代に痛いほど通じた。

「不発花火で屋形船が吹っ飛んだとすれば、おそらくそれが……」

沢治郎の仕業だったと、誰しもが思っている。だが、それに怒る者は誰もいない。作品の名に『糸』という一文字が入っている。それだけに、沢治郎の、一入の怨念をお香代は感じ取っていた。

「親方、この図を貸していただけないでしょうか？」

「ああ、いいとも」

絵図が一枚はがされ、大事そうに筒にしまわれた。

沢治郎は、自分が作った花火を夜空に打ち上げるのではなく、屋形船の破壊に使った。それが分かれば十分な収穫と、お香代は花火工房をあとにした。

四

さて、浩太は一月（ひとつき）前に浜町堀の栄橋袂で死んでいた娘の身元を調べることになっている。

名も知らなければ顔すら見ていない浩太一人では、かなりの難儀であろう。それと、時を費やすわけにもいかない。一時でも早く身元を知るにはどうしたらよいかと、鉄五郎と浩太が考えているところに、松千代の助言があった。

「娘さんの顔を見たのは、あたしたちだけ。ねえおまえさん、娘さんの似せ絵を画（か）いたらいかがかしら？」

「そいつはいい考えだ、姐さん。讀売屋（うりや）には、絵のうまいやつがごろごろいる」

讀売に挿絵（さしえ）はつきものである。似せ絵など、お茶の子さいさいと浩太は豪語する。

ならばさっそくと、朝から大伝馬町の讀売屋へと出向いた。

初めて来た西洋の間に松千代が驚いているところに、浩太が三十前後の男を連れてきた。

「うちの挿絵を画いている峰吉さんです」

互いに紹介し合ってから、テブルに絵筆と草紙紙が束になって置かれた。

「顔の形は、どんなでした？」

さっそく峰吉の問いに、天井に目を向け、思い出すように鉄五郎と松千代は考える。

「どんなだっけかなあ」

「そう、瓜実顔って感じ」

鉄五郎は考え、松千代が口にする。

「こんな感じですかな？」

言われたとおり、峰吉は絵筆を動かす。瓜実顔にもいろいろあると、数枚の紙に輪郭を画いた。その画く速さに、鉄五郎も驚く。

「さすが、その道の達人だ。たいしたもんだ」

「お褒めはけっこうですから、どれが似ているのか選んでください」

峰吉に促され、鉄五郎と松千代の目が並べられた紙面に向く。

「これなど、似てないかしら？」

「そうだな」

松千代が一枚選び、鉄五郎が同意する。

「目はどんな感じで？」

「瞑っていたから……でも、睫毛は長かったみたい。それと、右目の下のこのへんに、小さな黒子が一つありました」

松千代が、自分の目の下を指差しながら言った。「泣き黒子ですな」と言って、瞑った目を画き、下に小さな点を書き込んだ。鼻の形と口を画き、顎の線までいくと大体の感じがつかめてきた。その頭に娘島田を画き、簪と櫛を適当に配置した。

「これが一番似てるな」

「おまえさんも、そう思うかい？」

かれこれ半刻ばかりを費し、一番特徴を捉えている絵を選んだ。

「おい、これをさっそく刷りに回せ」

甚八が、刷り師の親方に似せ絵を渡した。版木に彫り、一刻も経たずに刷り出しができてきた。

「こりゃいい出来栄えだ」

鉄五郎と松千代が感心を示す。そこに、男が一人入ってきた。予め萬店屋の小男を動かし、鉄五郎が手配をしていた者だ。

「おう、よく来てくれた」

鉄五郎が呼んだのは、口入屋の大旦那与兵衛であった。

「これをこれから千枚ほど刷るから、人を集めてくれないか。この娘さんの身元をつかんできた者に……いくら出そうか？」

賞金を懸けると、鉄五郎が言う。その額を、与兵衛に訊いた。

「五両も出せばよろしいのでは？」

「だったら、五十両出そう」

与兵衛の、十倍の額を鉄五郎は口にした。

「そ、そんなに！」

与兵衛の驚く声に、鉄五郎は首を振る。

「もたもたしてはいられないんだ。遅くとも、明日中には身元が分からないと。それと、調べに回ってくれた者には、余すことなく二両ずつ渡してもらいたい」

鉄五郎は、人集めに半日、捜すに一日という注文を与兵衛につけた。

「それでも、一日では……」

「無理とは言わせません。金と刷った似せ絵は、昼までに持ち込みます。その仕事を与兵衛さんに、総額二千両で請け負ってもらいたい」

萬店屋の傘下であっても正規の仕事として、鉄五郎は注文を出した。口入三善屋にも、充分利益が出るよう配慮する。

「引き受けました。それで、身元が分かったらいかがなさいます？」

「ここに報せてくれればいいです。甚八さんが指揮を執っていますから」

かしこまりましたと言って、与兵衛は戻っていった。

「あしたかあさって中には、娘さんの身元が知れるでしょう。それからのことは、浩太に頼んだ」

「任せてください。自分一人で、娘さんの身元を探るのかと思ってましたから、助かります」

「浩太を助(すけ)るためじゃない。娘さんの身元は、真っ先に知りたいことだからな。金ってのは、こういったときのために使うのよ」

娘の身元が分かれば、行き倒れていた事情が判明する。それが、お糸の件ともつながるはずだ。そして、娘の口から放たれていた異様な臭い。浩太はそれは、ご禁制の薬物だと言った。それも、聞いたことのない西洋からきた麻薬だと。どこかで、誰かが蔓延させようと企んでいる。

――その狙いはなんのため？

絶対につき止め、阻止しなくてはならない。不慮の死を遂げた者たちの意趣返しもさることながら、鉄五郎の脳裏は大きな使命感に支配されていた。

似せ絵の刷りが、すでにはじまっている。昼までに、半分の五百枚を口入屋に持ち込むと甚八が言った。

昼四ツを報せる鐘が、遠くから聞こえてくる。

「おれは戻って、金の手配をする。お松、行こうか」

チエアから腰を浮かしたそこに、

「ただ今戻りました」

と言って、お香代が西洋の間に入ってきた。

「鉄さまとお松さん、おられたのですか。ちょうどよかった」

お香代の声が裏返り、顔が赤く上気している。その様子に、もうしばらく居座らなくてはならないと、鉄五郎は思った。

「ちょっと、長居になりそうだ。誰か萬店屋に行って、大番頭の多左衛門さんに伝えてきてくれないかな」

「俺が行ってきます」

お香代の話はあとから聞くと、浩太がチェアから立ち上がった。

「ならば、口入屋の与兵衛大旦那あてに二千両もっていってくれと頼んでくれ。おれがそう言っていたと……」

かしこまりましたと浩太は返事をして、部屋を出ていった。そして、鉄五郎の顔がお香代に向く。

「何か、つかんできたようだな」

鉄五郎の問いに、お香代は筒に入った紙面を取り出した。

「これをご覧ください」

「これは、花火の見取り図」

テブルに広げられた図面を、五人が注視している。

「沢治郎さんが画いた物です」

「これがどうしたと？」

問うたのは、甚八であった。

「旭日屋の屋形船を爆破したのは、この花火ではないかと」

『菊花繚乱白糸滝流』と花火の名に、お香代の指先が向いている。

「どういうことだ、お香代？　順を追って話してくれないか」

鉄五郎は、チェアに座り直した体を、さらに前のめりにさせて問うた。

「花火師の親方喜兵衛さんにお会いして……」

お香代は、光玉屋の花火工房での話を順を追って語った。

「隅田川の花火大会で、この絵の花火が打ち上がらなかったと、職人さんが言ってました。差し渡し一尺五寸の大玉とのことです」

「やはり沢治郎さんが、旭日屋の絢爛屋形船を狙って花火を仕掛けたってのか？」

「それに、間違いがないものと。ですが、どのように仕掛けたかまでは分かりません」

お香代の返しに、鉄五郎が「うーん」と唸って考え込んだ。

二十日ほど前に、花火師たちに新内を聴かせ、そのあと沢治郎に呼び止められたことを鉄五郎は思い出している。あのときの演目は『夏夜空悲恋片割月ノ逢瀬』という、恋仲の男女が大名の横暴に遭い、引き裂かれるという内容だ。女がお糸だとすれば、男は沢治郎ということになる。悲運の最期となる女も、お糸と被る。

お糸の縁談をもちかけたのは、旭日屋の文左衛門である。そして数日後には、三千石の旗本大高玄之進のところで行儀見習いをさせ、養女となって大奥に召し上げられることになっている。

——そんな手はずを、沢治郎さんは知ったか。

そこにもってきて、新内節の詞に旭日屋と大高の悪事を重ねた。

「……それで、独りで探るうちに捕まって殺されたってことか。いや、お糸さんを助け出したものの逃げる途中でってことも考えられるな」

そんな筋が、鉄五郎の脳裏を駆け巡った。呟きが、鉄五郎の口から漏れる。

「何をブツブツ言ってるのさ？」

松千代の問いかけに、鉄五郎は頭の中を現実に戻した。

「いやな、二十日ほど前、花火師たちに新内を聴かせただろ。そのあと沢治郎さんに呼び止められ……」

鉄五郎は、思い巡ったことを語った。

「それで、沢治郎さんとお糸さんは無残にも殺されたってことだ。それに大方、間違いはないだろ」

「そうすると、殺しの下手人は大高玄之進と旭日屋文左衛門ってことで？」

「実際に手を下したのは違うだろうが、命じたのはそいつらと思っていいだろう。そして、やつらを繰る黒幕が、どこかに必ずいるはずだ。それが誰だか、知りてえ」

甚八の問いに、鉄五郎がキリリと奥歯を嚙みしめて言った。

「……さてと、どうやってその黒幕を探るかだ」

鉄五郎の頭の中は、この先の段取りへと向いた。

「お松、今夜の新内流しは大川端の浅草諏訪町界隈（かいわい）だ」

「すると……？」

「ああ、旭日屋の店の前で新作を聴かせてやる。もし文左衛門に聞こえたら、必ずお呼びがかかるはずだぜ」

「どんな出し物さ？」

「このあと家に帰って聴かせる。それから、音合わせだ」

口入三善屋にもたらす似せ絵の手配を甚八に任せ、鉄五郎と松千代はチェアから腰を浮かせた。

二人が、高砂町に向かう道すがら、萬店屋に使いに行った帰りの浩太とばったりと出会った。

「大番頭さんが、承（うけたまわ）ったと言っておられました。口入屋へは、清吉さんに届けさせると。それにしても、鉄さんってお人は……」

なんら首を傾げることなく、二千両を用意すると言った多左衛門に、浩太は改めて鉄五郎の力を知ったようだ。

## 五

その日の夕刻、鉄五郎と松千代は三味線を抱えて、浅草大川端へと繰り出した。鉄五郎は頭に吉原被りを載せ、松千代は子持ち縞の着流しに、手拭いを吹き流し、いつもの新内流しの格好である。

日も暮れて、夜の濃さが増してきている。辻灯籠にも火が灯され、江戸は夜を迎えようとしている。これからが、新内流しの舞台である。

新内節でも鉄五郎の流派は、太棹三味線を使う。それは、上方から伝わった浄瑠璃の流れからきているからだ。その影響から、鉄五郎が作る新内の歌詞は、端物といわれる男女の悲恋を唄ったものが多い。

鉄五郎は、川内屋弁天太夫となって旭日屋の本店一町手前から、三味線を弾きはじめた。上手から下手に、大川の流れのようにゆっくりと旋律が流れる。

松千代の奏でる細棹三味線が、二上がり調子で弁天太夫のあとを追う。太い音と細い音が混じり合い、独特の旋律が大川の堤に伝わる。江戸情緒漂う新内三味線に、人々は聴き惚れる。

「――新内さんが来たよ。静かにおし」
家の中では、そんな会話がなされているのだろう。娯楽の少ない庶民たちは、無料で聞こえる音曲に、じっと耳を澄まして聴き入っている。
鉄五郎こと弁天太夫は、旭日屋の十間ほど手前から語りを入れた。それを、文左衛門が聴いていようがいまいがどうでもよい。腰高障子が閉まった店先で、沢治郎の怨み節を一節かましたかったのだ。

〽ぬしとあたしの叶わぬ恋路　夜空に咲いた菊一輪の
花火にも似た儚さだよねえ　嗚呼　沢治郎　お糸の涙橋
哀れ二人は引き裂かれ　向こうに見えるは深川の
明かりがぼんやり遠ざかる……

弁天太夫と松千代は立ち止まり、障子戸に書かれた旭日屋の屋号に向けての新内流しであった。まるで托鉢坊主の門付けだなと、苦笑いつつも語りが触りに入る。

〽　誰が恋路を邪魔にする　お糸に逢いたや沢治郎

あそこにお糸がいるのなら　たとえ火の中水の中
命を懸けて忍び入る　大川端の草の中哀れ沢治郎
露と消え……

ここで弁天太夫は、ゆっくりと歩みをはじめた。それにならって、三尺後ろを松千代が歩く。十歩も進んだところで、二人の足は止まった。

「ちょっと待ってくだせえ」

と、背後から声がかかった。振り向くと、旭日屋の印半纏を被せた船頭とも見える若い男であった。小袖の胸を肌蹴させ、無頼の臭いがする男であった。船宿の船頭にはこのような雰囲気をもった若い衆が多い。

「ご用でございますか？」

松千代が、男に問うた。

「うちの大旦那が呼んでこいと……」

「一節お聴きしたいとのことでしょうか？」

「ああ、そのようだ」

「それは、おありがとうございます」

応対が、松千代から弁天太夫に代わった。

まさか、呼び止められ聴きたいとまで言われるとは思わなかった。なぜ呼び止めたのか、文左衛門の心情までは推し量(はか)れない。

「一節三十文ですが……」

「いくらでも構わねえから、早く来てくれ。大旦那が、聴きたいとお待ちかねだ」

「大旦那様は、新内がお好きなので？」

店に入る前のやり取りである。

「いや、そんなに好きだってほどじゃねえと思うが、まあ、聴きたくなったんだろ」

「それで、大旦那様のお名は……先に知っておいたほうがお相手をしやすいと」

「文左衛門っていう。さあ、入ってくれ」

戸口の手前で、文左衛門の名が聞けた。ただ、さして好きでもない新内節を、なぜに聴こうとしているのか、鉄五郎の疑問はそこに向いた。

――今の語りが、耳に届いたのかな？

そこを知りたく、若い衆に訊く。

「手前の語りがよかったのですかね？」

「いや、三味線の音しか聞こえなかったぜ。大旦那は奥にいたんで、なおさら語りまでは聞こえねえだろうよ」

船頭の案内で、弁天太夫と松千代が奥の部屋へと通される。

「新内さんを連れてきました」

閉まった障子戸の外から声を投げると、すぐさま答が返った。

「おお、来たか。いいから入りなさい」

障子戸を開けると、部屋には文左衛門一人ではない。上座に座っているのは、三十歳半ばの、絹織りの羽織を召した武士であった。

「念のため呼んでみましたが、やはり……」

「そうか」

小声の話は、鉄五郎の耳に届いてはいない。

三味線を抱えた二人を見やる眼光が鋭く、鉄五郎は一瞬不快な思いにとらわれた。

――これが、大高玄之進か。

思いはおくびにも出さず、弁天太夫と松千代は畳に手をつき拝礼をした。

「このたびは、お呼びいただきありがとうございます。して、何かお好きな出し物はございましょうか？」

青物屋の奥ですれ違った顔を、鉄五郎は覚えていない。逆に、文左衛門は小さくうなずきを見せている。

「いや、これといったものはない。適当にやってくれ」

文左衛門の返しに、今はこの二人の前では外で奏でた詞は聞かせられない。「それでしたら……」と、差し障りのない演目を選ぶ。

「お松『明烏夢泡雪』でもお聴かせしようか」

「左様ですね」

「この新内語りは、五十年ほど前の明和の時代に作られた古い浄瑠璃を新内節に作り変えたものでして、当時は相対死を語ることは禁止されてまして……」

「そんな能書きはいいから、早く聴かせなさい」

文左衛門のせっつきに、弁天太夫は薀蓄を止め三味線を爪弾きはじめた。

「それでは一節……」

〽もつれ髪取る中田圃　寝巻きながらの抱え帯
鐘は上野か浅草の森を離れて花川戸　吾が妻橋と手をとりて
素足に辛き石原の川辺伝いにおぼろ月……

新吉原の遊女浦里と、大店の若旦那時次郎の廓抜け道行き心中物語である。最後まで語ったら、四半刻もかかる大作である。

〽明日は浮名を竪川や　われから招く扇橋　この世を猿江大橋の
森の繁みに辿り着き　覚悟いかがと時次郎
遊女浦里の手を取りて……

べべべべーンと三味線を高鳴らせ、序盤の聴かせどころに入ったところであった。

「もういいから止めろ」

声を発したのは、脇息にもたれて聴いていた気位の高そうな武士であった。

「分かりました。粗末な出来で、申しわけございません」

どんなに長い語りでも、途中で止められたことは、今までに一度もない。それが、はじまっていくらも経たないうちに止められた。弁天太夫は新内流しとしての誇りを傷つけられたが、黙って従うことにした。

「お代は、三十文で……」

するると、武士は財布を広げ中から一分金を取り出し、松千代の膝元に放り投げた。

「こんなにはいりません」

と、松千代がつき返す。

「いいから、取っておけ。どうだ文左衛門、この女は……？」

「大高様、それはなりません」

文左衛門が、大きく手を振り首を振る。これで、武士は間違いなく大高玄之進と知れた。

「冗談だ。ちょっと、薹が立ちすぎている」

「お松、せっかくだから貰っておこう。それでは、これにて失礼をさせていただきます」

言って弁天太夫は立ち上がり、それに倣って松千代も引き下がる。

二人が部屋を辞したあと、大高と文左衛門の語りが交わされる。

「女は違いましたが、男のほうはやはりお糸の実家に来た者と同じでございます」

「それもそうだが、念のため調べたが、北の御番所を訪れ沢治郎の遺体を見たのも、今の男に間違いがなかろう。検死役人から聞いた風体と、まったく同じだ。やはり、何か探っておるようだの」

「そう思いまして、どこに帰るのか今若いのを尾けさせております」

「抜け目がないな、文左衛門」

「それで、怪しいところがございましたら、いかがなさいましょう?」

「沢治郎と同じ運命を辿らせるだけよ。文左衛門も、そのつもりでいてくれ」

「かしこまりました。ですが、まさか新内流しが……」

「相手が誰だろうが、こっちに足を踏み入れた者は生かしてはおけんのだ。たとえ、町人だろうが誰だろうがな」

額を近づけさせ、声を殺しての語り合いは、誰にも聞こえてはいない。

六

宵五ツを報せる鐘が、遠く聞こえてくる。

「今夜は店じまいにして、家に戻ろう」

「そうしましょうか」

鉄五郎の言葉に、松千代が返事を重ねた。蔵前橋通りから浅草御門で神田川を渡り、両国広小路をつっ切るとそこは馬喰町である。浜町堀まで来て、鉄五郎は立ち止まった。

「どうかしたのかえ、おまえさん」

左に曲がれば、高砂町の家に向かう。だが、鉄五郎はそうしない。

「読売屋に行くかどうか迷っている」

まっすぐ行けば、伝馬町の読売屋へと向かう道である。

「でも、もう夜分だし。まだ働いているとしても、おまえさんが行けばせっつくことになるわね。今行っても、むしろ邪魔をするだけじゃないかしら」

「お松の言うとおりだ。それに、きのうも遅かったしな、帰ってゆっくり寝るとするか」

一度止めた足を、鉄五郎は動かしはじめた。道を左に取り浜町堀に沿って歩く。松千代も、鉄五郎のすぐそのうしろをついていく。慣れているので夜目が利く。三味線を抱えていることもあって、夜半に提灯を持たずに歩くことが多い。そして、二町も来たところであった。

武家地に近く、人通りはほとんどない。独りで歩くには寂しいところだ。そんな場所なので、ちょっとした気配でもすぐに感じることができる。

「お松、誰かに尾けられているようだ。振り向くな」

「はい」

松千代の小声が返る。

「それにしても、下手(へた)な尾行だな」

暗い夜道に追っ手でなければ、提灯を翳(かざ)しているだろう。姿を隠しているつもりで、鉄五郎たちに歩調を合わせている。夜目の利かない者だと、足元がおぼつかない。見失ってはいけないと、徐々に間合いを狭くしてくる。間違いなく、尾行であると鉄五郎は読んだ。足音からして、侍ではなさそうだ。履物が雪駄(せった)や草履(ぞうり)でなく、草鞋(わらじ)のようである。となると、それを仕事で履くのは、船頭とも考えられる。

――となれば、旭日屋の者か。

足音が、五間ほどうしろまで近寄ってきている。ただ、危害を加えようという気配ではない。

――こっちの住処(すみか)を探ろうとしているのか。

「お松、おかしいとは思わねえか？」

鉄五郎が松千代を近寄らせ、小声で話しかける。

「おれたちは、一介の新内流しとして呼ばれたのではないのか？」

大高玄之進も旭日屋文左衛門も、この日初めて顔を合わせた相手であると鉄五郎は思っている。

「探っているのが、露見しているのでは……？」

「追っ手を差し向けるということは、そういうことかもしれんな。だったら、そのつもりでいようじゃないか」

旭日屋文左衛門の差し金であることは分かる。そこで鉄五郎は三味線を抱え直し、ゆっくりと弾きはじめた。

「お松は弾かなくていい」

鉄五郎は、即興で詞を作り唄いはじめた。新内語りというより、小唄のような節回しである。

〽あんたを追ってどこまでも　ついていきゃんせ浜町堀を
月は霞（かすみ）の隠れ雲　ああ　しょんない　しょんないね
追って疲れて夜が明ける　昇る朝日や大高さまが　空に……

鉄五郎は三味線の音を途中で止め、その気配を探った。さすがにここまで唄えば相手に意味は通じるか、追っ手の足音が止まり、そして遠ざかっていった。

「相手にばらしちまっていいんかい、おまえさん？」

意図が分からず、松千代が問うた。

「こうしておけば、そのうち相手のほうからお迎えがこようってもんだ」

鉄五郎は、自分の勘のよさにふと苦笑いを生じさせた。

宣戦布告(せんせんふこく)とでも言いたげな詞でもって追っ手を追い払い、鉄五郎と松千代は高砂町の家へと足を速めた。霞の雲に隠れた朧(おぼろ)の月でも、二人にとっては提灯を灯すほどの明るさに見える。


翌日の朝――。

鉄五郎が朝めしを摂(と)り、茶を飲んでくつろいでいると、読売屋の浩太が息急(いきせき)切って飛び込んできた。

「一月(ひとつき)前の、栄橋の袂で死んでいた娘の身元が分かりました」

「こんなに早くかよ！」

鉄五郎が驚くのも無理はない。二千両を費やし、口入屋与兵衛に娘の身元を探らせたが、まだ一日も経っていない。実質は、たったの半日である。浩太の話では、あっという間に五百人の暇人を集めて似せ絵を持たせ、一人頭二両の日当を払うと、五十両の賞金に血眼になり、我れ先にと江戸市中に繰り出していったという。

「凄いですね、金の力ってのは」

「ああ、まったくだ。まあ、そんなのはどうでもいいとして、先を話してくれ」

口入屋に報せがもたらされたのは、夜もかなり更けてからだという。そして大旦那与兵衛が直々に、早朝に読売屋の大戸を叩いたという。

「それで、娘の身元は？　そうだ、お松にも聞いてもらったほうがいいな。話が二度手間になる」

勝手で洗い物をしている松千代を、鉄五郎は大声で呼んだ。するとすぐさま、前掛けで手を拭きながら、松千代が部屋へと入ってきた。

「栄橋の袂で亡くなってた、娘さんの身元が知れたようだ」

「まあ、早い！」

松千代も一言、驚愕の声を発した。

「それで、どちらの娘さんでしたの？」

「それを、これから聞くところだ。お松も一緒に聞いてくれ」

鉄五郎は湯呑を畳に置き、松千代は居ずまいを正して聞く姿勢を取った。

「それが、日本橋品川町の油問屋『一升屋』の二女で、今年十九になるお光という娘さんだそうで」

日本橋品川町は、日本橋川の北側に位置し、外濠に架かる一石橋に近い。大店（おおだな）が軒を並べるところだ。両替商の三善屋の支店も、その町内にある。

「それは気立てがよく、界隈でも評判の美人だったらしいです」

「ええ。ご遺体からも、そんな様子がうかがえたわ。娘さんの死に顔を、思い出す可哀想にと、松千代が袖を目尻にあてて滲む涙を拭いている。

「ところで、そいつを確かめてきたんだろうな？」

鉄五郎の問いが、浩太に向いた。

「もちろんでさ。朝方早く一升屋を訪ね、主の庄衛門（しょうえもん）さんと話をしてきましたから。そしたら、娘のお光さんに間違いがないだろうと」

浩太はその足で、鉄五郎のところに来たという。

「それが、お光さんだという根拠は？」

「青物屋の、お糸さんの場合と酷似しているのです」

「酷似だと？　いってえ、どういうことだい？」

「庄衛門さんの口から、やはり旭日屋と大高の名が出たのです」

「そうか」

浩太からその名が出ても、鉄五郎はさして驚かない。むしろ小さくうなずき、自分の思いを確信に変えた。

「二月ほど前、旭日屋文左衛門は、やはり倅の嫁にといって近づき、しばらくして大高玄之進に仕えるという家来を一人連れてきたそうです」

──手口はまったく、青物屋お糸の場合と同じだ。

「なんで、そんな面倒くさい順序を踏むんだろうな？」

鉄五郎が、首を捻って考える。

「それは、いきなり大奥と言ったら驚くでしょうから」

松千代が、自分の考えを口にする。

「まあ、そんなところだろうな。それにしても、二人の娘の行き倒れ。ほかにもまだ、こんな娘が大勢いるんじゃないか？」

「それなんですけど、鉄さん……」

浩太が、前かがみとなり小声となった。

「それこそ、ご禁制の薬と関わりがあるんじゃないですかね」

「ご禁制の薬か」

お光の口から嗅いだ臭いを鉄五郎と松千代は思い出し、不快さからそろって顔を顰めた。

「おかしいとは思いませんか、鉄さん？」

「何をだ？」

「お糸さんの死に方ですよ」

「そりゃ、おかしいだろうよ。あんな若い娘がいきなり心の臓の発作なんて、誰が信じるもんか。だが、そうでないっていう証しもねえ」

「お香代さんが見かけたときは、もうお糸さんの遺体は片づけられたあとだと言ってましたよね」

松千代が、首を傾げながら口を挟んだ。

「どうも、片づけるのに手際が早すぎるなとは思っていた。沢治郎さんのときもそうだ。たいして身元を探らねえうちに……おい、お糸さんの検死って御番所の誰がやったって言ってたっけ？」

「お香代が駆けつけたときには、御用提灯を持った下役人たちだけだったそうで」

「検死した役人てのが、誰だか知りたいな。いや、知ってもしょうがないか」

「しょうがないって言い方は、おまえさんらしくないわね。おれの前では無理とか無駄とか言うなって、いつも口にしてるくせに」

松千代が、亭主を詰った。

「お松の言うとおりだが、おれが言うのは木っ端役人にあたってもしょうがないってことだ。この事件の裏には、お奉行様が口も手も足も出せねえほどの大物が潜んでいるってことさ。そいつを炙り出すのは、おれたちの手に頼る以外にない」

鉄五郎の狙いが定まってくる。だが、どういう手順で相手を陥れるか。これからが考えどころと、腕を組むそこに、浩太の声が聞こえてきた。

「おそらくお糸さんとお光さんは、監禁されてたんじゃないですかねえ。たとえば、座敷牢みたいなところに」

「座敷牢だと。すると、大高の屋敷の中ってことになるな。大奥に上がる前の行儀見習いは、まったくの嘘っぱちってことか」

——娘たちを監禁して、何をしようと企んでやがる？

腕を組み、天井に顔を向けて考える鉄五郎に、浩太が話しかける。

「一升屋の旦那さんも、てっきり大奥に上がっているものとばかり思っていたらしいですから」

「大奥に上がったと言っておけば、しばらく便りがなくても安心していられるってことだな」

娘の実家も、大奥といえば疑おうとしないのもこれでうなずける。だが、青物屋のお常は、その衝撃で亡くなったのも事実である。他人の家をどん底の不幸に陥れる、卑劣な犯行である。

「大奥を口実に、娘を集めているってことか。まだまだ、毒牙にかかった娘さんたちが大勢いそうだ」

——それが、どれほどの数に上るかだ。

「おれの勘だが、お糸さんとお光さんは隙を見つけて逃げ出したのだろう。もしかしたら、沢治郎さんはお糸さんを助け出したのかもしれんな。逃げる途中で見つかって、無残にも……そんなところだろうな」

鉄五郎の憶測であるが、あながち間違いではないかもしれない。

「お光さんの場合は逃げる途中で、体に異変が起きたってことだろう。相対死ってのが、どうもおかしい」

「そういえば、相対死と言ってたのは、どこかのお侍でしたよね」

「おそらく大高の家来だろう。遺体を連れ戻すこともできず、そう言っておけば、調べることなく娘は無縁仏として埋められる。それにしても、二人とも行き倒れての急死とは？」

「麻薬に冒されていたんでしょうかね」

鉄五郎の問いに、浩太が答える。

「麻薬か……命まで奪うなんとかってのがあったな」

「破死死(ハシシ)ってやつですか？」

「聞くたびに恐ろしくなる」

松千代が、体を震えさせて言った。

「まさか、そんなのがこの国にあるとは思えませんが。たとえば、阿片(あへん)も吸いすぎると死に至るといいますからね。そんなもんに徐々に冒されていけば、心の臓だって弱くなりますよ。少し駆けたくらいでも、心の臓が破裂するんじゃないですかね」

「となると、娘たちを麻薬漬けにさせているってことか？」

「だけど、なんの目的で？」

「なぜに、そんな酷いことを？」

三人が、それぞれの思いで自らに問う。

「そいつを暴き出してやるのに、ちょっといい考えを思いついた。耳を貸しな」

周囲には誰もいないが、鉄五郎は松千代と浩太の耳を寄せた。

七

旗本大高玄之進の、拝領屋敷のどこかに娘たちは監禁されている。

そう感じ取った鉄五郎は、どうやって屋敷の中に入り込むかを思案していた。

「お松が、囮となってくれねえか？」

「いいけど、あたしじゃ面が割れてるし、しかも薹が立ってるとも言われたから」

口惜しさが、松千代の声音に宿っている。鉄五郎の考えは、見目麗しい娘を大高の屋敷に送り込み、それで探ろうというものであった。

「ちょっと、おまえさんにしては策が単純すぎない？」

鉄五郎の案を聞いて、お松が注文をつけた。

「どうやって、屋敷の中を探るかだよな。いい考えが……そうだ、浩太」

何を思いついたか、鉄五郎の顔が浩太に向いた。

「大高玄之進の屋敷ってのは、隣に誰が住んでる？」

「たしか、西隣はやはり三千石旗本の拝領屋敷で、東隣は今は空き屋敷のようでした」

「空き屋敷だって？」

「没収されたかなんかで、前の住人は出ていったみたいです」

「今は、誰も住んじゃねえのか？　どうやら、そこが使えそうだな」

三千石の旗本となれば、敷地は千五百坪、六百坪ほどの屋敷が与えられる。だが、それはあくまでも幕府の所有物件の拝領屋敷である。空いているからといって、誰もが好き勝手にはできない。だが、そんな定めは鉄五郎の眼中にない。

「おおよそ萬店屋本家の、半分の敷地だな」

三千石旗本屋敷の、倍ほどの敷地を要する萬店屋の力が改めて思い知らされる。

「そこを、萬店屋が買うか？」

「なんですって！」

いとも簡単に口にする鉄五郎に、浩太が驚くのは無理もない。

「武家地で、それも幕府の土地ですよ」

「幕府の土地って、誰が決めたい？　まあ、そんなのはどうでもいいが、手に入れる算段なら任しておきな。あそこなら、一坪十両として一万五千両か、安いもんだ」

「一万五千両ってあんた……いや鉄さん、よく平気でそんな額を口にできますね」

世の中の、大多数の人たちが見たこともない大金である。だが、鉄五郎は、今やその金を強い味方にさせている。

「そりゃ、萬店屋だからよ」

「それにしても、そんな額をいとも簡単に……」

「だからって、なんだ？　あいつらの毒牙にかかった娘さんたちや沢治郎さん、そして心労で亡くなったお常さんたちの無念を晴らすと思えば安いもんだ。それに、まだまだこれからどれくらい不幸な娘さんが出るか分からない。そんな悪党を懲らしめるためなら、萬店屋の金蔵が空っぽになったっておれはやるぜ。そのために、跡を継いだんだからな」

鉄五郎の、普段の生活は質素である。夜風が凌げ、起きて半畳寝て一畳の隙間と、息ができるほどの飯が食えればよいという考えの持ち主である。

新内流しで声を嗄らして稼ぐ三十文も、こういうところで使う万両も、同じ大きさの価値と鉄五郎は考えている。

「浩太さん、この人にお金のことで何を言っても駄目よ。その代わり、自分のことにはいっさいお銭をかけない人だから」

松千代も、鉄五郎のそんな気風に惚れて一緒になったとの思いがある。鉄五郎のやり方に反対どころか、背中を後押しする。

「さてと、隣の屋敷を手に入れたところでどうするかだ?」

大高玄之進の屋敷を探るための算段を、鉄五郎は考えている。

「おい、浩太にいい案はねえか?」

少しは浩太にも考えさせようと、鉄五郎は問いを振った。

「誰か、忍びの者でも雇ったほうが早いんじゃないので?」

「そんなんじゃ、つまらない。だいいち、探ったところであとはどうする? 大目付様にでも頼んで始末するかい。そんだけじゃ、おれの煮えたぐった腸は収まりがつかねえよ。それに、裏に潜んでやがる大物まで手が届きはしねえだろう。それとだ……」

「それと、まだ何かありますので?」

「はっきりと、おれの目で確かめたいのよ。そのためには、何か大仕掛けを施さなくてはな」

「隣に櫓を建てて、それで見張るってのはいかがです?」

「それじゃ、相手に探りが露見するだろうよ。も少し、ましな意見が出ると思ったけどな」

「すいません」

鉄五郎に詰られ、浩太が萎縮する。

「別に、謝ることはないが。相手に気取られないよう堂々と入れて、屋敷の中を隅から隅まで探れる方法ってないかな」

「その、堂々ってところが難しいですね。何かいい策が……あっ、こいつは……」

浩太が策に思い当たったようだ。

「何かいい案でも浮かんだかい？」

「穴を掘ったらどんなもんでしょうかね？」

「穴か……」

「ずっと以前『大脱獄』って、戯作本を読んだんですがね。捕らえられた囚人たちが穴を掘って囚獄から逃げ出すって物語なんですが、その滑稽なこと……」

「おもしろいかもしれねえな」

「監視役人に見つからないかとハラハラしたり、脱獄したあとも捕まらないかとドキドキしたり、それはおもしろいのおもしろくないの……」

「そのおもしろいってのと、わけが違うけどな。うん、使えるかもしれんな」

言いながら、鉄五郎がうなずいている。

「浩太、その案いただこうじゃないか」

鉄五郎の頭の中で、早速穴掘りの案が取りまとめられる。そうなると、鉄五郎の動きは早い。

「大高玄之進の屋敷を見てこよう。浩太、案内してくれ」

「さっそく、行きますかい」

すぐに戻ると松千代に留守番をさせ、鉄五郎と浩太は山伏の井戸近くにあるという、大高の屋敷へと向かった。高砂町から十町と離れていないが、鉄五郎はまだその周辺には足を踏み入れてはいない。武家屋敷が並ぶ、真っ只中である。

大名家の広大な敷地で周囲を囲まれる中に、旗本屋敷の塀が東西に立ち並ぶ一角があった。大高の屋敷は、五軒並んだ旗本屋敷の真ん中にある。町屋の喧騒とはかけ離れ、昼でも閑静な佇まいの中にある。人の通りも、ほとんどない。

「ここが、大高玄之進の屋敷です」

門前に立って、浩太が鉄五郎に言った。家主を示す表示が何もないので、案内人がいなければ迷うところだ。

玄関は北に向いて、門は家来たちが住む長屋と一体になっている。門番はなく、正門は閉まっている。横につく脇門から出入りするのは、どこの武家屋敷も同じである。

東隣が空き屋敷と分かるのは、人が通る小さな脇門に斜交い（はすか）の板が打たれ、出入りができないようにしてあるからだ。大高家とは築地塀（ついじべい）で仕切られている。今は、中に入ることができない。空き屋敷と確認できればよしと、鉄五郎は引き返すことにした。

「戻ろうか」

と、鉄五郎が踵（きびす）を返したところで、一台の乗り物が辻を曲がってくるのが見えた。松や欅（けやき）などの路樹が植わり、身を隠すところは難儀しない。太い松の木陰に隠れ、乗り物をやり過ごした。大名などの高貴な武士が乗る御忍駕籠（おしのびかご）である。

「造りからしてあの駕籠は、旗本が乗るもんではありませんぜ」

このような知識に、読売屋は詳しい。浩太の博識は、こういうときに役に立つ。

「となると、誰が乗るもので？」

「お大名や幕府のお偉方が、お忍びで使うもので。あっ……」

浩太が驚いたのは、駕籠が大高の屋敷の前で止まったからだ。やがて正門が開き、吸い込まれるように屋敷の中へと入っていく。鉄五郎も、一緒に入りたい衝動に駆られたが、すぐに頑丈な門扉は閉まった。

「あれが黒幕かい。ますます、屋敷の中をのぞきたくなったな」

だが、今は中をうかがう術（すべ）がない。

「これで大高のうしろに黒幕がいると分かっただけでも、よしとしなくてはなりませんね」

「ああ、そうだな。だったら一刻も早く、隣の屋敷を手に入れるとするか」

大根や牛蒡を手に入れるような鉄五郎のもの言いに、浩太の呆れ顔が見て取れる。

思い立った鉄五郎は、浩太を連れて萬店屋の本家へと向かった。

幕府の中で鉄五郎が頼れるのは、老中の大久保忠真である。忠真も、鉄五郎の素性を知る一人で、萬店屋の財力を頼る幕閣である。

幕府も財政難の折、萬店屋の財をどう徴収するか、虎視眈々と狙っている。だが、無理やり奪い取るわけにはいかない。そのため、鉄五郎からの依頼にはできる限り協力し、巨万の供出金を得ようとしている。

大久保忠真の権勢に委ね、その見返りに献上金を供出する。それは相互に利が適う、良好な関わりであった。


萬店屋の大番頭多左衛門を前にして、鉄五郎が切り出す。

「大久保様に二万両を供出し、大高玄之進の屋敷の隣を買おうと思っている。ちょうど空き屋敷なんでな」

なぜにそのようにするとは、多左衛門は訊いてはこない。

「あのあたりの屋敷では、三万両は差し出さないと、幕府も譲ってはくれないでしょうな」

「土地代に一万五千、大久保様への付け届けに五千両と踏んだけど、足りないですかね」

「統師がどうしてもそこが必要だと思っておいでなら、もう少し色をつけてもよろしいものと。三万両ならば、幕府も首を縦に振ると思われますが」

「だったら、すぐさま三万両を用意してくれませんか」

「蔵から出せと言われたら、すぐにも出せます。その前に、大久保様と交渉をなされたらいかがですか？」

「そうだな。だったら、今日にも会いに行きたい」

「統師が会いたいと言えば、何を差し置いても会ってくれるでしょう。なにせ、小判がやってきたと大久保様には思えるでしょうから」

「そいつは皮肉かい、大番頭さんよ」

「いや、皮肉だなんて。大久保様にとって、統師は一番好きな人に見られているということです」

とにもかくにも、大番頭多左衛門の許しは取り付けた。

「今から大久保様の屋敷に行かれても、まだお城からお戻りではないでしょう」

他人の話によれば、老中はよほど多忙でない限り、夕七ツには屋敷に戻っているはずと聞く。その刻を見計らって訪れることにする。大久保家上屋敷は、芝浜松町の近くにある。まだ昼前である。いくら遠くても、これから向かうには早すぎる。

「そうだ、これから尾上町に行って様子を見てこよう。浩太も付き合ってくれ」

「ようございますとも」

本所尾上町には、廻船問屋三善屋の本店がある。大旦那の作二郎と会って、黄金まがいの屋形船の、様子を聞きに行くためである。

# 第四章　江戸湾の真ん中で

## 一

鉄五郎が家に一度戻り、松千代に尾上町に行くと告げて出てから四半刻ばかりあと。閉まりきった大戸の前に、三人の侍が屯(たむろ)しているのを、小川橋の上から萬店屋の手代清吉が目にしていた。羽織袴(はかま)に二本を腰に差すのは、どこかの武家の若党たちとも見える。

「何をしてるんだ、あいつら？」

独りごちると清吉は、何食わぬ顔をして侍たちに近づいていった。そして、侍たちの言葉を拾う。

「大戸に『新内』と書かれているから、ここだろうな」

「ちょうどいい。人が通るから訊いてみよう」

侍の一人が、清吉を見とがめ声をかけた。

「すまんが、ちょっと訊きたい」

「はい。どのようなことでございましょう？」

清吉は、商人らしい声音で返した。

「ここに新内と書かれてあるが、弁天太夫と申す者の家か？」

――もしかしたら、大高玄之進の家来たちか。

教えていいものかどうか、清吉は迷った。だが、飛んで火に入る虫を、ただ振り払うのも芸がない。ここは、鉄五郎の強さを信じることにした。

「左様ですが……」

清吉が決めた答は、その一言であった。

「分かったから、早く行け」

――教えてあげたのに追い払うとは、けしていい奴らではないな。

憤慨を顔に出さず、黙って清吉は立ち去ると、十間ほど先の路地に入った。そして、侍たちの様子をうかがった。

戸口に通じる、路地を入れば松千代が危ない。鉄五郎が留守のことは、清吉も知っている。ここは覚悟の上だと、侍たちの動向によっては、清吉は自分が相手にすることを決めた。だがすぐに、清吉はほっと胸をなでおろす。侍たちがその場から去っていくのを目にしたからだ。

「……どこに行く？」

相手を知る千載一遇の好機とばかり、清吉は侍たちのあとを尾けた。小川橋を渡り、萬店屋本家の前を通るときは、屋敷のほうには目もくれない。これで、鉄五郎と萬店屋の関わりには気づいていないものと知れる。

やはりかという思いで、清吉は引き返してきた。

鉄五郎の家の戸口は、路地を入った奥にある。以前は小間物屋だったしもた屋なので、母屋は店の奥にある。

「統帥はまだお帰りではありませんで？」

清吉は、松千代と向かい合って開口一番に問うた。

「ええ、まだですが。今、尾上町の大旦那さんを訪ねて……」

「それじゃ、しばらく戻らないでしょうね」

「何か、ございました？」

「ええ、今しがた……」

清吉は、ことの次第を順を追って語った。

「その侍たち、大高玄之進の屋敷に入っていきました。それを、お耳に入れておこうと」

「さすが、清吉さん。よくぞ機転を利かせていただきました。そう、大高の屋敷に。相手は、やはり気づいてましたのね」

「何か、ありましたんで？」

戸口に立ったままの、やり取りであった。

「こんなところでは、どうぞ上がってお茶でも……」

「いえ、そんなゆっくりもしてられませんで。それで、何か……」

話のつづきを、清吉は促す。松千代は、昨夜誰かに尾けられた次第を語った。

「そんなことがあったのですか。たぶん、大高にその話が通じたのでしょう。それで、近在の新内流しの在り処を探っていたと。弁天太夫の居所がこれで露見したってことですね」

「訊ねたのが、清吉さんでよかった」

「教えてどうかと思ったんですが……」

「むしろ、そのほうがよかったと。あの人も、きっとそう考えるはずです。そのために、詞の一節に『昇る朝日や大高さまが……』なんて入れたのですから」

「あえて、明かしたのですね。それで、奴らは住処を見つけようと界隈を探していたと」

それで読めたと、清吉は小さなうなずきを松千代に向けた。

「まあ、そういうことでしょう」

「ならばくれぐれもご用心をと、お帰りになられましたら統帥にお伝えください」

「ありがとうございます」

「それでは……」

清吉が出ていくと、松千代は遣り戸を閉めて固く心張り棒をあてた。

そのころ鉄五郎は、三善屋の川舟で大川を下っていた。

舟に同乗するのは、廻船問屋三善屋の大旦那作二郎と浩太である。行く先は、江戸湾の河口にある石川屋の造船所であった。浜沿いで、五百石船が二艘造船中である。いずれも、廻船問屋三善屋が発注したものである。その船に、今の作二郎は用がない。その東側に建屋があった。建物の外に、大工道具を手にした職人が大勢いる。みな、黄金もどきの屋形船の造船に集められた者たちである。

「どうやら、職人たちの手配はできたようですな」

「それにしてもたった一日でとは、早いな」

感心した面持ちで、鉄五郎が口にする。

「中には、家の大工もいますから」

萬店屋は、建築業にも手を出している。『三善組』というのが、その屋号であった。

「三善組の大旦那八郎衛門さんに話すと、早々に手配をしてくれまして」

「みんなして、助かります」

鉄五郎の、殊勝なもの言いであった。

「何をおっしゃいます、統帥。これもみな、商いですから当たり前です。それと、三善屋全員、統帥を意気に感じてますから」

作二郎の言葉に、鉄五郎は返す言葉もない。感無量の心持ちとなっている。みんなの結束を目の当たりにすれば、それでよし。あとは任せても大丈夫だと、鉄五郎は引き返すことにした。

舟は迂回し大川を戻る。正午を報せる鐘の音が、遠くから聞こえてきた。

鉄五郎には、もう一軒寄りたいところがあった。

「これから、口入屋の与兵衛さんのところに行く」

舟の上で、浩太に告げた。

「穴掘りの、人工を集めるのですね」

「ああそうだ」

舟は大川を遡っていく。川風に打たれての会話であった。

「なんですか、穴掘りってのは？」

「大高玄之進の屋敷の下に、でっかい穴を掘るのよ」

「そこまで、やるので？」

「なにせ相手は、とんでもないことを企んでいるはずなんでね、それを探るにはこっちも並大抵のことをしちゃいられない。遠慮なしに、突っ込んでいってやる」

「……話を聞いていると、こっちもどんどんやる気が出てくるね」

作二郎の呟きが、川風に乗って飛んでいく。

「何か言ったですかい？」

「いえ、何も……おや、もう着きそうだ。船頭さん、このまま二人を乗せてってあげてくれ」

本所尾上町の桟橋に舟を着け、作二郎だけが降りた。口入三善屋はまだその先の神田川を少し上った神田富松町にある。

舟は神田川に入ると浅草御門を潜り、一つ先の新シ橋の手前の桟橋につけた。舟賃はもらっていると、船頭は遠慮をしたが、鉄五郎は一分の酒代を弾んだ。「おかげで助かった。これからも三善屋のために頼む」と、言葉を添えれば船頭は拝むようにして銭を受け取る。船宿に戻る舟足は、速くなっているようだ。


鉄五郎が、口入三善屋に来るのは初めてであった。

「ここです」

浩太の案内で、店の中へと入った。職探しの者を集めるために、土間がだだっ広く取られている。昨日は、この土間がごった返していたのだろうと、鉄五郎は真っ先に感じていた。

「大旦那の、与兵衛さんはいますかい？」

手空きの手代に、浩太が声をかけた。

「これは読売屋の……こちらは、どちらさんで？」

手代は浩太をよく知るが、連れの鉄五郎のほうに顔を向け、手代が問うた。

「鉄五郎さんが来たと、伝えてくれますか？」

「かしこまりました」

と言って、手代が奥へと入っていく。手代が戻る間、鉄五郎は、店の中を睨め回している。壁のあらゆるところに張り紙がしてある。どれも、人を求めるものであった。中には『大工職人求む』と、三善組の募集もあった。それを目にしているところに、手代が戻ってきた。

「どうぞ、お上がりください。ご案内します」

丁重にと与兵衛から言われたのだろう。手代の口調が、先ほどより改まっている。

与兵衛の部屋に行くと、床の間を背にした上座が空いている。

「与兵衛さん、これは困ります。あんたさんはここの大旦那だ。おれは、ものを頼む客としてきた。席は入れ替わってください。それに、萬店屋の外では大仰にしてもらいたくはないから、頼みます」

「どうぞ、こちらに……」

鉄五郎の願いは聞き入れられ、座る場所が入れ替わった。与兵衛と向かい合って、鉄五郎と浩太が並んで座る。そこに、女中が茶を運んできた。

「すまない、馳走になるよ。ちょうど、茶が飲みたかったところだ」

鉄五郎が女中に向けニコリとすると、恥じらんだような笑みが返ってきた。

女中が去ると、鉄五郎は畳に手をつき頭を下げた。

「いや、このたびは助かりました。このとおり、礼を言います」

たった半日で、お光の身元を捜し出してくれた礼であった。

「とんでもない統帥、頭を上げてくださいな。こっちこそ、お役に立ててよかった。それに、いい商いをさせてもらいました」

三善屋の大旦那となれば、みな四十を越してそれなりの貫禄がある。そんな大旦那が、今は鉄五郎を敬っている様子がうかがえる。

「それで、ついでといってはなんなんですが、もう一つ骨を折ってもらいたいことがあるんで」

「ほう、また何かお考えですか？」

「また、人集めを頼みたいのだが……」

「もちろん商いですから。それで、今度はどんな者たちを集めればよろしいので？」

「大脱獄のような穴掘り……」

「なんですか、それは？」

一言では理解できないと、与兵衛の怪訝(けげん)そうな顔が向いた。

「伝馬町の牢屋敷から、囚人でも逃がすのですか？」

「いや、そうではなくて……どうもおれは説明が下手なんで、浩太が代わりに話してくれないか」

かしこまりましたと、浩太が語り出す。さすが記事取りだけあって、話が要領を得ている。

二

浩太の、突拍子もない仕掛けの説明が進むにつれ、与兵衛の顔が徐々に引きつりを見せてくる。

「鉄さん、そういうことでよろしいですね」

「ああ、さすが話がうまい。まあ、そういうことでお願いしたいのだが」

「また、とんでもないことをお考えで」

言葉とは裏腹に、与兵衛の顔に苦笑いが浮かんでいる。鉄五郎の依頼に、呆れ返るというより、慣れたという顔つきである。

「それで、いく人ほど集めればよろしいですかね？」

「まだ隣の屋敷をものにしたわけじゃないんで、今は心にだけ留めといてくれたらいいんだが……五日で穴を掘るには、どれほど人がいるかな？」

逆に鉄五郎が訊き返した。

「五日で、となると……」

人が通り抜けられる穴である。深さ一丈二尺、鉄五郎の上背の約倍の深さは必要だ。

築地塀の下を潜り、向こう側の母屋の床下まで外からの目算で二十間はある。

「人数はさほどはいりませんでしょうが、剛健な者たちを集めんといかんですな」

「どうです、できますかい？」

「無理ですとは、言えんのでしょう？」

苦笑いを浮かべて与兵衛が問い返す。

「分かっておられますね。でしたら、これから老中の大久保様と話をつけてくる」

「御老中の大久保様とですか？」

「ええ。さしで話をしてきます。その答によって、浩太を使いに寄こしますから、気持ちだけは整えておいてください」

「かしこまりました」

前代未聞の人集めだが、与兵衛は駄目とも言えず仕事を請け負った。

「人工代に糸目はつけませんから。そこは、大旦那にお任せします」

「きのうも大枚をいただいていますから」

「それはそれで、取っておいてください。それとは、別途に払いますから」

「でしたら、五十人必要として、一人頭日当が一両って計算でいかがですかな?」

与兵衛が見積もりを立てた。とんでもない破格な日当だと、言葉を添える。

「だったら、その倍を払ってもいいですぜ」

「となると、都合千両となりますが、よろしいんで?」

「この策が功を奏せば、そのくらいの価値はある。安いもんだ。そうだ、そっちの儲けは?」

「うちはけっこうです。きのう……」

「それとこれとは仕事が別だって、今言ったばかりじゃないですか。商人なら、自分のところも潤わないといけませんでしょ」

鉄五郎の想いは、三善屋全体の奉公人の潤いにある。働いた分は、実入りとさせる。そんな考えだから、店に活気が出てくる。そうすれば商売は繁盛し、それが巡り巡って萬店屋の金蔵へと入ってくる。それを貯め込むつもりは、鉄五郎の脳裏にはまったくない。そして、世の中のためにまた吐き出す。

「そうすれば、川の流れのように金が動くでしょ。景気を活気づけるには、そうしないといけませんや。蔵にしまっておいては、小判は腐るだけですぜ」

鉄五郎は、ここでも持論を説いた。

「……理に適っている」

与兵衛が小さく呟いた。


夕方までには、まだ間がある。

読売屋に戻る浩太と別れ、鉄五郎は高砂町の家へと戻った。

「何かあったかい？」

戻る早々、鉄五郎が松千代に問うた。

「来ましたよ、お客さんが」

「誰だ？」

「お侍さんが、三人」

「侍だと？」

「清吉さんが……」

松千代は、清吉から聞き出した話を鉄五郎に伝えた。

「すると、大高玄之進はここを嗅ぎつけたってことか」

「でも、萬店屋との関わりまでは分かってないだろうと、清吉さんは言ってました」

「やはり、昨夜の小唄が効いたな。案外、馬鹿でもなさそうだ」

「でも、相手は侍ですよ。三千石の旗本となれば、家来はどれほどいるのかしら？」

「けっこういるだろうな」

　三千石の大身旗本ならば、家老から足軽まで五、六十人の家来を抱えている。これらが有事のときに備え、屋敷を囲む長屋塀などに居住している。

「夜道は、危なそう」

「そうだな」

　松千代の不安げな言葉に、鉄五郎は小さく返事をするが、頭の中は別のところに向いている。

　――家来どもを掻い潜るには、やっぱり穴か。

　門も庭も通らず、家来たちに気づかれることなく母屋に達するには、やはり穴を掘る以外にない。それと、もし娘たちが監禁されているとしたら、逃げ道にもなる。

「……絶対に、大久保様を説き伏せないといけないな」

　呟きが、鉄五郎の口から漏れた。

「ねえおまえさん、聞いてるの？」

鉄五郎が考えている間に、松千代が何か言っていたようだ。

「どうかしたか？」

「どうかしたかじゃないよ。人の話を聞いてないじゃないか」

「すまなかったな。なんて言ってた？」

「夜、新内を流して歩くのって危ないんじゃないかい？」

「新内を夜流さないで、いつ流すんだ。侍たちに襲われるってのを、松千代は怖がってるんだな」

「そういうこと」

「だったら、襲わせればいいじゃないか。相手が馬鹿じゃなきゃ、そんなことはしないよ」

「どうしてそんなことが言えるのさ？」

「おれたちをむやみに襲ってみろ。奴らは天に向かって、唾を吐くことになるんだぞ。すべての悪事が明るみに出るってことだ」

と、鉄五郎は意にも介していない。

「むしろ、襲ってくれたほうが都合がいいってもんだ。そんなんで、大久保様のところから帰ったら、今夜も新内流しで稼ぐぞ」

一夜の新内流しの稼ぎは、いいところ百文である。たまにお捻りがあったとしても、たいした額ではない。それを目当てに、今夜も仕事に出ると鉄五郎は言った。

「まあ、おまえさんがいれば大丈夫か」

これまで数々の、喧嘩の修羅場を潜ってきた鉄五郎である。やくざの親分さえ、その腕っ節には慄くほどだ。松千代が惚れたのは、そんな鉄五郎の剛胆さも一つにはあった。

「芝の浜松町までは、一里以上あるな。だったら半刻ばかり、ゆっくりするか」

鉄五郎は、畳に大の字となった。

大名家に行くのに、着流しではさすがにまずい。

鉄五郎は、商人の正装である紋付袴に着替える。相模小田原藩主大久保加賀守忠真の屋敷まで、急ぎ足でも半刻以上はかかる。夕七ツには下城して上屋敷に戻っているだろうと、その刻に合わせて鉄五郎は高砂町を発った。

多少遅れても、約束した時限はないのでかまわない。鉄五郎はゆっくり歩いたつもりでも、大股の歩みは半刻と少しで大久保家の門前に着いた。一つ大きな呼吸で間を取り、鉄五郎は門番に話しかけた。

「ご当主様はお戻りでございましょうか？」

「ご当主とは、殿のことか？」

「はい。大久保様にお目通りをいただきたく……」

「そなた、町人であるな。目通りの許しを得ておるのか？」

「いいえ、何も報せてはおりません。いきなりまいりました」

「とあらば、取り次いでおくので後日改めて来なされ。して、名はなんと……？」

「いえ、後日までは待てません。今すぐにも、お会いしたいと」

「今すぐなんて、殿をどなたと心得ておる」

鉄五郎が食い下がるも、門番は頑として受け入れない。老中に会いたいと、いきなり来てもたいていの者は追い返される。まして町人ならば、門前払いが当たり前である。

「ご老中大久保忠真様と重々承知の上、萬店屋の鉄五郎がお会いしたいと、お取り次ぎください」

強い口調で、鉄五郎は押した。

「なに、萬店屋だと。萬店屋というのは、あの三善屋を束ねる豪商の萬店屋か？」

萬店屋の名は、ここまで知れ渡っている。江戸では知らない者はいないといわれるほど、名が通っているのが分かる。

「左様でございます。その統帥の鉄五郎がお会いしたいと」

「殿はまだ、下城はしておりませんな」

門番の口調が、いくぶん改まった。あと四半刻後には戻ると聞いて、鉄五郎はどこかで間をもたすことにした。

ここまで来ると、芝の浜は近い。心持ち、潮の匂いが漂ってくる。

「そういえば、今朝方深川の浜に出たな」

この日の朝方のことが、いく日も前のように感じられる。潮の匂いに誘われ、鉄五郎は芝の浜へと向かった。大名家の塀沿いを辿って少し歩くと、急に視界が開け、江戸湾の海原がそこにあった。

「おや、あそこは……」

鉄五郎が目にしているのは、遠く深川の浜である。造船小屋が遠くからでも見てとれる。これからあの中で、黄金もどきの屋形船が造られる。

鉄五郎は、埋め立てた深川の地を、西から東まで、視界が届く限り遠く見つめていた。そこに、増上寺（ぞうじょうじ）のほうから夕七ツを報せる鐘の音が聞こえてきた。

「まだ、四半刻も経ってないな。もう少し、のんびりしていくか」

独りごちて、鉄五郎はずっと海を見やっている。近くでは、幼い兄弟が貝拾いに夢中になっている。

三

頃あいと、鉄五郎は大久保家へと戻り、再び門前に立った。

「お殿様はお戻りで？」

鉄五郎が、門番に話しかけた。

「おお、鉄五郎様。少し、お待ちくだされ」

と言って、門番は屋敷内へと入っていく。言葉と態度で、目通りが叶っているものと鉄五郎は踏んだ。間もなくして、門番が家臣を一人連れてきた。

「殿がお会いすると申されておる。どうぞ、お入りくだされ」

三十歳前後の家臣が、鉄五郎を案内する。それは丁重なもてなしの仕方であった。

「この部屋でお待ちくだされ」

二十畳ほどの広い部屋の中ほどに、座布団が一枚敷かれている。大名家で、座布団を用意されるとは珍しいというより、どんな高貴な武士でもないことだ。鉄五郎は座布団をどけて、畳に直(じか)に正座した。一間空いた正面にも、忠真が座る座布団があり、脇息が置かれている。そこに、大久保忠真は座っていない。すると、廊下に足音がして五十歳前後の、額(ひたい)を光らせた忠真が入ってきた。齢はいっても、精力のみなぎる面相にたくましさを感じる。幕府の政(まつりごと)を任される、その中心にいる人物であった。

「待たせたな。面(おもて)を上げよ、鉄五郎」

「ご無沙汰しております」

鉄五郎は、拝した頭を上げて一声を放った。大久保忠真とは、これで二度目の目通りである。それはおよそ、半年ぶりであった。

「して、火急の用とは何ごとぞ？　まあ、その前に足が痺れるだろ、座布団をあてよ」

大名にしては、珍しい心遣いである。

大久保忠真とは、およそ四半刻の目通りであった。

屋敷を出た鉄五郎は、軽い足取りで、歩みも速い。交渉がうまくいったという証(あか)しであろう。帰路は半刻もかからず、高砂町に着いた。

「帰ったよ」

「おや、うまくいったようだね」

鉄五郎の表情から、松千代は首尾がうまくいったことを知った。

「お松、すぐに出かけるぞ。三味線を持って、まずは讀売屋に行く。それから、新内流しだ」

休む間もなく、鉄五郎は夜の仕事の準備をした。羽織袴から、いつもの着流しに着替え、頭に吉原被りを載せた。松千代も支度が調い、高砂町を経ったのは、暮六ツ少し前のことであった。

洋間には鉄五郎と松千代、向かい合って甚八と浩太が座った。

「浩太にはすまないけど、おれの話をもってすぐに口入屋の与兵衛さんのところにいってくれ」

鉄五郎の、話の切り出しであった。

「へい。それで、大久保様との話はどうなりました？」

「それがだ……」

鉄五郎の語りに、聞いている三人の体が前に傾いた。

大久保忠真は、鉄五郎の話を聞いてためらうことなく承諾した。ただし、一存では売却は叶わず、一時の貸借という形となった。幕府への謝礼として二万両を寄進すること。そして、穴をきちんと埋めて返すという条件を、鉄五郎は喜んで呑んだ。それに加え「──幕閣が絡んでいたとしたら聞き捨てならん。必ず炙り出し、わしに報せること」と、発破までかけられた。

「そういったことで、すぐに人を集めて穴掘りに入る。ただし、隣の大高家には絶対に露見しないよう用心しないといけない。それで大久保様は、案まで出してくれた」

母屋の改築普請と庭の手入れということで、職人を入れれば怪しまれることはなかろうと。

翌日脇門の斜交いを外す手配と、二万両の供出を交換条件とした。

「そんなんで、あしたの午後からでも空き屋敷の中に入れると、与兵衛さんに伝えてきてもらいたい」

かしこまりましたと、浩太が鉄五郎の伝言を持って、口入三善屋へと向かった。

「着々と、ことは運んでるねえ」

鉄五郎の手際のよさに、甚八は感心する面持ちで言った。

「あとは、どうやって相手を陥れるかだ。その詰めをこれから考えなくてはなりませんや」

「鉄さんなら、また何かどでかい仕掛けでも考えてるんじゃねえので?」

「いや、まだそこまで思いついてはいない。その前に、奴らの悪事の証しを立てるのと、黒幕が誰かを炙り出さなくてはならない。そのための穴掘りと、黄金もどきの屋形船造りだから」

「よくもいろんなことを考えついて、思うように実行できるもんだ」

「これも、三善屋のみんなが協力して働いてくれるおかげです。暮六ツも過ぎたってのに、読売屋でもまだ働いている」

「みんな、仕事が楽しいんですぜ。疲れたなんて、誰も言っちゃいない。俺に取っちゃ、働きすぎのほうが心配になってくる」

「人手が足りなきゃ、いくらでも雇えばいい。そのためならどんどん融通しますよ」

「いや、人が多いだけではやりづらいところもある。無茶をさせないよう、俺と番頭の吉蔵とで見張ってるから案ずるにはおよばねえ」

雇う側と雇われる側が、互いを信頼してこそ商いは成り立つものだと、鉄五郎は改めて知る思いとなった。

この夜鉄五郎は弁天太夫となって、松千代とともに神田川沿いの柳原通りを流して歩いた。

三個所で、百文ほどの実入りがあって、この夜は引き上げることにした。宵五ツの鐘が鳴って、半刻ほどが経つ。町木戸が閉まる門限があるので、帰路の時限も気にしなくてはならない。四半刻ほど歩くと、もう家は近い。浜町堀沿いを歩き、住まいがある小川橋手前の高砂橋まで来たときであった。道を照らす明かりといえば、二町置きにある薄暗い辻灯籠と、半分欠けた月の光だけである。陰に入れば漆黒の闇の中である。町屋と武家屋敷の狭間で、この刻に人の通りなどない。

真っ暗な闇の中から、ザッザザッザッと土を踏む足音が聞こえてきた。数にして五人はいるようだ。鉄五郎は、その気配に殺気を感じた。だが、暗い夜道に足は慣れていないのだろう。獲物は見つけたが、気ばかりが焦るような刺客の気配であった。

「お松、おいでなすったぜ」

それは、自分を襲うものだと、鉄五郎は咄嗟に判断した。ここで鉄五郎は、ある決心をする。

自ら虎穴に入る、絶好の機会が訪れたと。

「おれの三味線を持って、お松は隠れていな。あいつらが用があるのはおれだけだ。おれはすんなり捕まるから、お松にはこれだけ頼みてえ」

明日の朝多左衛門に言って、二万両用意してくれと。そこまで言えば、松千代も理解できる。

これだけ語れる余裕が、鉄五郎にあった。

「分かったけど、気をつけてよ、おまえさん」

「五日ばかり留守にする。このことは、甚八兄弟に報せておいてくれ」

「分かった、任せておいて」

松千代は三味線を受け取ると、闇の中へと身を隠した。

五人の侍が、段平（だんびら）を抜いて鉄五郎を取り囲む。

「弁天太夫だな。斬られたくなかったら、おとなしく付いてこい」

正面に立った侍が、鉄五郎に向けて言った。

――どうやら、沢治郎さんと同じ運命を辿らそうってことか。

「どこに行くか知らねえが、段平を向けられてちゃ、動きようがねえだろ。それと、おれにどんな用事があるってんで？」

鉄五郎が、無頼言葉で応答する。

「いいから、黙って付いてこい」

肩ほどもない侍二人に両腕を抱えられ、鉄五郎はおとなしく従った。それを、背後から松千代が見ている。こんなことがあるかもしれないと、以後の段取りは語り合っている。なので、見送るだけの気持ちの余裕が松千代にはあった。

　翌日の朝、松千代は早速萬店屋に赴き、多左衛門と会った。

「清吉に、二万両を運ばせましょう。大高家の隣家の門前で、幕府のお役人に渡せばよろしいのですな」

「そうすれば、斜交いを外してくれるそうです」

「引き受けました。それで、統帥は大丈夫なので？」

「たぶん、大丈夫でしょ。殺されても、死なない人でしょうから」

　心配のかけらもない松千代の返事に、多左衛門の顔には苦笑いも浮かぶ。

　萬店屋の屋敷を出た松千代は、その足を大伝馬町の讀売屋へと向けた。甚八に会って、ことの次第を告げる。

「鉄さん、とうとう虎穴に入っていったかい」

「それが、相手を探る一番の早道だと」

「だったら、早いところ穴を掘らせなくてはいけねえな。これからお松さん、一緒に口入屋に行かないか？　富松町なんで、さほど遠くねえ」

「もちろんですとも」

切羽詰まってきたので、甚八が直々に出向いて大旦那の与兵衛に会うという。松千代も一緒に行けば、なおさら手配も早くなるだろうとの思いもあった。


早朝の口入屋は、仕事を求める男たちでごった返している。

その中で、体が大きく力自慢の男たちを選りすぐって一堂に集めている。

「今、集めているところです。今のところ、三十人ばかりですかな」

「朝だけで、三十人も……」

松千代が驚く。

「統師が相手の懐に入った以上、急がんといかんですな」

与兵衛も話を聞いて、心得ている。無駄な言葉は、ここでは必要なかった。

「そしたら、与兵衛の大旦那。あとは頼みましたぜ」

と言って、甚八が動き出そうとする。

「そんなに急いで、どこに行きなさるので？」

「穴を掘るだけの人夫では、用がなさんでしょ。これから三善組に行って……」

三善組は、建築を請け負う萬店屋系列の大店である。

「それならもう、こっちで手配はしてますから。掘った土を出すのに、櫓を組まんといけないですから。ええ、お任せくださいまし」

これ以上言葉はいらないと、甚八と松千代は引き上げることにした。店の広い土間の一角には、先ほどより人が増えている。鉄五郎ほどの大男が、四十人ほどとなっていた。

## 四

正午を報せる鐘が鳴る。

大八車に乗せられた二万両と、脇門の斜交いが外される取引きがなされ、空き屋敷の前から人がいなくなった。それから四半刻ほどのち、門前は六十人ほどの男たちでざわめきをもった。

口入三善屋は半日で、五十人ほど集めた。

穴掘りの人夫としてはこれ以上ないという、みな筋骨隆々で逞しい屈強な男たちであった。それを指揮するのは、三善組の一番棟梁源六であった。土を掻い出す櫓を組んだり、穴の補強をするための鳶と大工を二十人ほど連れてきた。都合七十人で、大高の屋敷を結ぶ地下穴を掘る作業に入る。

まずは、塀沿いに鳶が足場を組んで、大高玄之進の屋敷内を見やる。隣家の動きを見張るために、必要な足場であった。

「池がありやがるな」

最短に空き家と母屋を結ぶ線上丁度に、大きな瓢箪型の池がある。

「深さはどのくれえだ?」

池の下を通すには、深さを知らなくてはならない。大高の家来が一人、池の鯉に餌をやっているところで、庭に下りていくわけにもいかない。周囲には誰もおらず、熊ほどの大きさがある土佐犬が放し飼いになっている。不審者がいれば、たちどころに襲いかかる番犬のようだ。これでは正面きって、おいそれとは忍び込めない。穴を掘るというのは、本手でもあるようだ。

「あの侍、池に落ちねえかな」

棟梁の源六が、ふと口にする。塀から池までは六間ほどある。庭にはほかに誰もいない。何かいい案はないかと、源六が上を向いて考えているそこに、ボチャンと大きな水音がした。源六が目を向けると、池の淵に番犬の土佐犬が悠々と歩いている。そして池の中では、侍が溺れている。その騒ぎで、家臣たちが長屋塀の中から大勢駆けつけてきた。

　上背五尺七寸ほどの侍の髷のてっぺんが浮き沈みして、池の深さは六尺ほどと知れた。

「あれだったら、一丈二尺も掘ればいいか。それにしても、なんで侍は池に落ちたんだ？」

「あっしが、にぎり飯を投げたもんで」

　鳶の一人が口にする。

　放し飼いされている土佐犬が、侍の真後ろに来たところで池に向かけてにぎり飯を投げた。すると、餌と思って慌てた犬が侍の背中を押したのだという。

「機転が利きやがるな、長太」

　たいしたもんだと、源六が長太という名の鳶を褒めた。

　正門を開き工具、資材などはすべて運び込んである。他人に何ごとかと訊かれたら、屋敷の改築普請だと言えと職人、人夫たちには言い渡してある。それ以外に余計なことは言うなと、口は止めてある。

　穴掘りの、前準備が夕方までかかり、いよいよ穴掘りにかかる。これから昼も夜もない作業に入る。穴の中は昼夜関わりない。屋敷の母屋を寝床にし、夜通し交代で穴を掘ることになっている。なにせ日当二両に三食付きならば、誰も文句を言う者はいない。

隣の屋敷で穴掘りがはじまったころ、鉄五郎は大高家の地下牢に閉じ込められていた。

地面から一丈五尺ほど掘られたところに、十坪ほどの地下牢が造られている。十畳ほどの広さの牢が、仕切りで二間に分けられている。四方が板で張り巡らされた、壕（ごう）ともいえる頑丈な造りである。

鉄五郎は、連れてこられてすぐに沢治郎と同じように殺されるところであった。庭で惨殺され、そのあと身元を不明にさせるため顔を潰され、大川に運んで旭日屋の舟でどこかに捨てられる。そんな段取りでいたようだ。だが、今もって生きているのは、鉄五郎が放った啖呵（たんか）であった。

「顔を潰そうが大川の土手に捨てようが勝手だが、背中の弁天様は黙っちゃいねえぜ」

諸肌脱いで、鉄五郎は背中をさらした。若いときに彫った弁天様が、琵琶（びわ）ではなく三味線を抱えている彫り物であった。

「花火職人を殺したことを知っているのか？」

大高の家来の一人が、うっかりと口にした。

「なんだと？　そんなこと、おれが知るわけねえだろ」

鉄五郎は、あえて知らぬ存ぜぬを装った。だが、肚（はら）のうちではとうとうばらしやがったと、ほくそ笑んでいる。

「わしらの、何を探っている？」

そこに、大高玄之進が口を出した。鉄五郎とは、旭日屋の座敷ですでに顔見知りである。

「何を探っているって、何をです？」

逆に、鉄五郎が問うた。

「ならば、なぜに豊島町の青物屋に行った？」

「あのことですかい。おかみさんの弔問に行っちゃ、いけねえので？　知り合いが死んだって聞けば誰だって……」

「分かった。それはいいとして、おまえはただの新内流しではないな」

「そりゃ、ただじゃございませんよ。ちゃんと、一節三十文てお足をいただいてまさあ」

鉄五郎は、惚けに惚けた。

「今だから言うが、あの新内を聴いたあと追っ手をつけた。だが、その尾行に気づいたようだな」

「気づいたって、何をです？　さっきからお殿さん、何をおっしゃってんだかさっぱり分かりませんや。なんで、新内流しのてめえなんぞに追っ手を？」

「なんだか、小唄を唄ったそうではないか。その唄の中に旭日屋と大高の名が出てきたと言っておったぞ」

「こちとら、三味線で流すのが仕事ですぜ。客を取ろうとして、唄っちゃいけませんので？　そりゃ、旭日屋さんは知ってやすが、誰なんです大高って。そうか、お殿さんはたしか大高様って言ってやしたね。初めて、知りやした。あの唄はずっと以前あっしが作ったもので、惚れた女をどこまで追っても追いつかず、やがて夜が明け朝日が昇り、大きな鷹が空を舞うって、そんな唄でございやす。それが、何かあるってので？」

「どうやらわしは、途轍もない勘違いをしていたようだ」

「でしたら、帰ってよろしいので？」

「いや、そうはいかん。わしの名と屋敷を知られたからには、帰すわけにはいかなくなった。だが、今すぐ殺すこともあるまい。しばらくは、地下の牢にでも放り込んでおけ。こやつの三味線の腕は、国王様にも喜ばれそうだ。そっちで使えそうなんで、大事に扱え」

――こくおうさまってなんだ？

鉄五郎にとって、初めて聞く言葉である。それを、しっかりと頭の中に留めておいた。鉄五郎がほっと安堵したのは、ここでは殺されることがないと知ったことだ。かくして一命は取り止めたが、地下牢に入れられ自由は奪われた。娘たちが監禁されていると思ったが、隣の牢には誰もいない。

――ここではないのか？

鉄五郎が思ったところで、変な臭いが鼻をついた。

「この臭いって、お光さんの口から……」

一気に鉄五郎は、自ら証しをつき止めたと確信をした。だが、いるはずの娘たちがここにはいない。

「どこに隠してやがる」

牢格子に南京錠（なんきんじょう）がかけられ、誰もいない牢獄で鉄五郎は独りごちた。

日にちが変わった、真夜中のこと。

こんなこともあろうかと、鉄五郎は先が少し曲がった金釘ほどの太さの棒を腹巻の中に隠し持っていた。まだ無頼といわれたころ、仲のよかった泥棒の親方にもらったもので、開け方の手ほどきも受けている。その棒一本で、たいていの南京錠は開けられるというものだ。

「こんなときに、役に立つとは思わなかったぜ」

と言いながら、南京錠の鍵穴をまさぐった。錠は難なく解けた。

隣の牢には、鍵がかかっていない。鉄五郎は、中に入ってあたりを探った。明かりは、壁にかかった燭台一つである。漆黒の闇ではない。夜目の利く鉄五郎には、充分な明るさが保たれている。

誰かが監禁されていた形跡がある。床で何かを焙ったような、小さな焦げ跡もあった。床に鼻をつけ、鉄五郎はその臭いを探った。

「なんとかって麻薬か?」

薬物には知識のない鉄五郎だが、そのくらいは読める。臭いを嗅いでいくうち、鉄五郎の頭がボーッとしてきた。「いかん」と口にし、鉄五郎は臭いから鼻を遠ざけた。

地上に上る階段がある。階段のてっぺんに行くと、床板が外れた。六百坪の建屋の中のどこかである。誰もが寝静まった真夜中である。鉄五郎は、容易に屋敷の中を動き回ることができた。ただし、闇雲にである。しばらく探り歩いて、地下に戻ろうとしたが帰る先を見失った。そのまま塀を乗り越え逃げてもよいと思ったが、まだまだ探りたいことがある。ここは地下への入り口に、どうしても戻らなくてはならない。

廊下を右に曲がり、左に曲がりしているうちに、渡り廊下があった。その先が、別棟の離れになっているようだ。奥方が住む、奥の御殿かと思ったがそうでもなさそうだ。離れの入り口にも南京錠が施され、戸口が固く閉ざされている。蔵のような、造りであった。

鉄五郎は、南京錠の穴に鉤棒を差し込んだ。錠が解かれ、重い引き戸をあけた。すると、ここにも同じ臭いが漂っている。暗闇の中に、鉄五郎は人の気配を感じた。それも、数人。女のうめき声が、闇の中から聞こえてくる。

それが娘たちだとしても、今は騒ぎを起こせない。もどかしさが、鉄五郎の気持ちに宿る。

「もうちょいとの辛抱だぜ」

聞こえぬほどの言葉をかけて、鉄五郎は離れをあとにした。母屋に戻っても、地下への入り口が見つからない。「よわったな」と、口にしながらさ迷ううちに、見覚えのある障子戸につき当たった。この部屋が地下への入り口と、鉄五郎は目印にと、障子の一個所を破り印をつけておいたのだ。

翌日の朝、飯が差し入れられた。どこかの国王様に差し出す土産ものとばかりに大事に扱われそうだ。朝飯も、鰯の焼き魚におみおつけと香の物が添えられた、まともなものが膳に載っている。

「どうやら読めてきたな。大高玄之進は、とんでもねえことをしてやがる」

――娘を攫い、薬漬けにして国外に売り飛ばす人売商売。

「おれは、それのおまけってことか」

思い当たるのはそれしかないだろと、鰯の頭を齧りながら、鉄五郎の独り言が大きくなった。

「この五日の間で、探ってやらあ」

穴を掘り、探りを入れようとしたが、鉄五郎自身ですべてが解明できそうだ。穴を掘る必要もなかったかと思うものの、それを止める手段がない。

「まあ、いいか。暇な奴らも、これで仕事にありつける」

他人がよくなれば、無駄とは思わない鉄五郎であった。

すでに、鉄五郎が屋敷の中を探っているのも知らず、穴は掘られていく。

深さ一丈二尺まで、まずは竪穴を掘る。その昔は海の中にあった土地である。地盤は柔らかく、掘るのにたやすい。屈強な男たちが五十人で、交代で掘れば二刻もあれば目的地点に達する。だが、軟弱な地盤は欠点もあった。一丈も掘ったところで、地下水が湧き出てきたのだ。慌てて人夫たちは、穴から脱出した。

「これじゃ、竪穴は掘れませんぜ」

最深が一丈以内では、池にぶつかるかもしれない。残土を穴に戻し、地下水を止めてから源六は考えた。

「横穴を小さくする以外にねえな」

当初は、差し渡し三尺ほどの穴で掘れば、立てないまでも余裕をもって四つんばいで進むことができる。それが二尺では、這いつくばって進まなくてはならない。

「しかたねえ、これでいくか」

自分が穴に潜るのではないと、源六は簡単に結論を出した。

水が出ないよう注意しながら、明け方までに竪穴が掘られ、横穴が掘られていく。

小さな穴では、むしろ掘るほうが大変だ。這いつくばりながら、道具を動かさなくてはならない。それに、すぐに息苦しくなってくる。一人が一尺進んでは、交代を余儀なくされるので、なかなか前に進まない。とにかく、空気がなくてすぐに苦しくなるのが難であった。そこで出した策は、空気を送り込む道具を用いることにした。抗に空気を送り込むのに、火消しの竜吐水（りゅうどすい）を用意したが、まったく役に立たない。水をためれば圧がかかるが、空気だけだとスカスカして、とても送り込めるものではない。何かいい案がないかと考えるだけで、丸一日を費やしてしまった。その間、穴は一寸先にも進んではいない。

「駄目だな、素人（しろうと）ばかりじゃ」

金や人数をかければ簡単にいくものと、思っていたのが誤算であった。そこで、穴掘りの名人といわれる男が一人雇われた。平吉（へいきち）という、五十歳にもなる痩せた男であった。

「これじゃ駄目だな。空気を送るにゃ、穴を別のところから二本掘らなくてはならねえ。こっちとこっちから、斜交いの坑（あな）を掘り、本坑（ほんこう）にぶつける」

板に画かれた図面に、墨で斜穴を書き込んだ。

思わぬ大工事となったが、大高家で捕まっている鉄五郎には、そんな苦労は届いていない。

五

穴掘りがすったもんだしているころ、地下牢の中では、快適とはいえぬも鉄五郎は、焦ることなくのんびりと過ごしていた。

昼間は、家来の動きがあって屋敷の中は探れない。じっとしているのが一番と思うものの、時の移ろいが分からない。そこに「昼飯だ」と言って、三人の侍が降りてきた。昼飯ならば、正午ごろだろうと鉄五郎は見当をつけた。

「……昼飯までつけてくれるとは、ありがたい」

囚われの身としては、ずいぶんなもてなしだと鉄五郎は思った。だが、侍の手に膳はない。薬籠(やくろう)のような箱を手にぶら下げている。牢扉を開けて、三人が入ってきた。

「今、気持ちよくさせてやるからの」

箱の中から、香炉を取り出すと、線香のようなもので火をつけた。炎は出ずに煙だけが立ち昇る。二人の侍は、鉄五郎が逃げないように監視する役目だ。

「さあ、昼飯をたっぷりと吸え」

と言って、牢扉に錠をかけると階段を上っていった。

煙の元は、一種の麻薬と思える。だが、それがどのような物かは、鉄五郎に分かるはずはない。

「そうか、いっときここで娘たちを薬漬けにさせていたのか」

何が目的で、そうさせるのかも知るところではない。ただ、最後には異国に売るというのは漠然とだが想像できる。

――それにしても、劣悪な場所だ。

「かわいそうだなんて、人間らしい心なんて持ち合わしちゃいねえ」

娘たちを離れに移したのは、売り物としての価値を落とさないためだと鉄五郎は踏んだ。独り言も、大きな声を出せる。

「こんなところにはいられねえな」

煙を吸うと、意識が朦朧（もうろう）としてくる。鉄五郎は、すぐさま錠を外した。幸い、隣牢とは板で仕切られている。鉄五郎は、煙の届かぬ隣の牢へと移った。夕飯が差し入れられるだろうが、それまでは誰も来ないと踏んでいる。鉄五郎は薬物に冒されることなく、夕方までの眠りに入った。

ガタリと、天井板が外れる音を聞いて、鉄五郎は牢を移った。南京錠を中から閉め、中ほどでうずくまった。香炉から煙は立っていないが、いくぶん臭いがしている。だが、臭いだけではさほど薬の効き目はなさそうだ。

「おお、気持ちよさそうに寝ておるぞ」

　家来が二人、膳を運んできた。これは、まともな夕飯であった。格子の窓から差し入れ、鉄五郎に声をかけることなく去っていく。

「暮六ツ近いか」

だが、鉄五郎はまだ動けない。動くとすれば、あと四半刻ほど待たなくてはならない。膳を片づけに来るからだ。

「思ったより、うまい飯だ」

　腹が減ってはなんとかと、鉄五郎はあっという間に食べつくした。お代わりがほしいと思うものの、贅沢は言ってられない。やはり、四半刻ほどして家来が降りてきた。

「ちゃんと、飯は食っておるな」

　寝転んで背を向ける鉄五郎に一声かけて、家来は膳を持って去っていった。すると、鉄五郎はむっくりと起き出す。外が暗くなれば、屋敷の中も人の動きはなくなるはずだ。探るには、絶好の機会となる。

　この夜も、鉄五郎は廊下を抜け出し屋敷の中を動き回った。だが、昨夜のように迷ったりはしない。まず鉄五郎は、大高玄之進のいる部屋を探した。

廊下を進むと、一際目立つ絵柄の襖が目に入った。大高家の、最上の客間のようである。明かりが漏れるので、中に人がいるようだ。耳を澄ますと、声が聞こえてくる。

「今度伊豆沖に来るのは長月十五日か……まだ、二十日以上もあるな」

鉄五郎は、息を殺してその声を拾った。

「待ちきれないでございましょうが御前、何も憂いなく事は進んでおります」

「そうか、大高。何も憂いがないか……ならば、大船に乗った気で待っておるとするか」

「それと、国王様にいい土産ものができました」

「土産物……なんだ、それは？」

「国王様は、三味線の音色が大好きとお聞きしてます」

「そうだったな」

「かなり、腕のいい三味線弾きを今地下牢に捕らえております。この者に例の薬を与え、国王様へ差し出すころには上等に仕上がっております」

――このおれまで、異国に売り飛ばそうってわけか。

鉄五郎は、息を殺して話を拾った。

「娘たちの、おまけということか？」

「さすが、お察しのよい御前でござりますな。国王様は、両刀使いともうかがっておりますし、ちょうどよい土産になると」

二人の会話は一方が御前様で、もう一方は大高玄之進であることが分かる。

――大奥とは、かの国の大奥ってことか。土産というと、娘たちの添え物ってことだな。

なるほどと思うも、鉄五郎にとってはすこぶる不快であった。

――おれには、そんな趣味はねえ。

国王様の人身御供(ひとみごくう)だけにはなりたくないと、鉄五郎は廊下に唾を吐いた。

「長月十五日の伊豆沖か……」

心で呟き、鉄五郎は襖から離れた。部屋の中で、立ち上がる気配があったからだ。

少し離れた柱の陰で客間を見やると、頭巾で顔を隠した武士が出てきた。金糸銀糸で織られた、煌(きら)びやかな羽織袴のいでたちは、そうとう高貴な武士である。幕閣に身をおく大名と、鉄五郎には判断できた。だが、顔が分からない。

――名が知りたい。

だが今のところは、姿だけでも見られたのはありがたい。名は知れぬもただ一つ、鉄五郎の目に焼きついたものがあった。御前様といわれる武士の、金羽織の背中にあった『剣喰紋』の家紋である。

長月十五日までは、正確にはあと二十五日ほどある。この間が勝負と、鉄五郎は胸に刻んだ。そこで何があるのかは、これから調べればよい。

「……あの男から聞き出すとするか」

鉄五郎の頭の中に、旭日屋文左衛門の、膨れた提灯のような丸い顔が浮かんだ。

薬漬けにはするが、廃人にまではさせないようだ。壊れた人間を、国王様に差し出すわけにはいかないだろうと鉄五郎は読んでいる。

娘たちの様子を見ようと、渡り廊下の手前まで来て、鉄五郎は身を隠した。離れの戸口の前に、二人ほど見張りがいたからだ。素手で倒すのは容易いが、騒がれたら大勢の家来が駆けつけてくる。むしろ、娘たちの命が危うくなると、鉄五郎はこの場は引くことにした。

「すまん、今は助けられないけど、もう少し我慢をしてくれ」

鉄五郎は、心の中で詫び、地下牢へと戻った。

こうなると、一刻も早く外に出たい。だが、逃げ出せば相手は警戒して、すべてを闇に葬るかもしれない。そうなると、これまでしてきたことが、水泡に帰す。

それどころか、口封じのため娘たちの命が危うくなる。

「逃げることはできんな。さてと、どうしようか？」

その策を練らない限り、外には出られない。鉄五郎は牢屋の中で、思案に耽った。


鉄五郎のほうは、おおよそのことが分かったものの、隣の屋敷の庭では竪穴だけ掘られただけで、まったく前には進んでいない。

翌日の夕方になって、ようやく穴掘り名人平吉の案で、空気取り入れの斜坑が南北から掘られることになった。傾きを持たせて、五間の坑を掘る。角度と方向を合わせなくては、本坑にぶつからない。正確な角度を測りながら、坑が掘られていく。三本の坑がぶつかったのは、真夜中のことであった。坑がつながると空気の流れが起きて、狭い坑でも息苦しくはならない。それと、平吉からもう少し深く掘れると助言があって、本坑を掘りながらの前進はかなり早くなった。残土も、三個所から掻き出すことができ、効率もよくなった。

大高家の床下までは、おおよそ二十間と見ている。半刻で三尺進めれば、二日もかからず辿りつける。

「間に合わせろ」

源六の発破が、人夫たちに飛んだ。

本坑が、大高家の母屋の床下まで来たのは、二夜が明けた朝方のことであった。

「もうそろそろ、竪穴にかかりやすか？」

「いや、ここだとまだ軒下から少し入ったところだ。もう、二間ばかり奥まで掘ろう」

穴掘り人夫に、方向と距離を測る職人が言った。手前すぎると、土佐犬に嗅ぎつけられる。そのために、床下奥を目指すことにしてある。

さらに一間半ばかり進んだところで、穴掘りの道具に当たるものがあった。

ゴツンとした音を、鉄五郎は牢屋の中から聞いた。朝飯を食し終わってすぐのことであった。

「板壁ですぜ」

と、外から声が聞こえる。

「来やがったな！」

叫ばんばかりの声を上げたかったが、鉄五郎は堪（こら）えた。鉄五郎は声の代わりに、コンコンと地下牢の壁を叩いた。

「誰か、中にいますぜ」

三分厚、幅七寸の羽目板が重なって壁が巡らされている。

「おれだ、鉄五郎だ」

「鉄五郎さん……待っててくだせい」

薄板なので、小声でも会話は充分にできた。羽目板が、三枚ほど外せる穴が掘られた。金釘で叩いてあるだけなので、裏から打てばすぐに外れる。

「おい、ちょっと待て」

朝飯の膳を取りに、家来が降りてくる。

「うまかったぜ」

と、何食わぬ顔で鉄五郎が言った。

「昼には、もっとうまいものを食わせてやるから待っておれ」

「ぜひ、お願いします」

「だんだんと、薬が効いてきているようだな」

冷ややかな笑いを残し、家来は階段を上ると天井板を閉めた。

「よし、いいぞ」

羽目板を外す作業がはじまる。四半刻もせずに板が外され、鉄五郎は牢の外に出ることができた。だが、このあとである。このまま、外に逃げ出すことは叶わない。鉄五郎は、このあとのことに、頭を捻った。

朝飯の膳が片づけられたら、正午(ひる)までは誰も来ない。鉄五郎は、穴を伝って隣家の外へと出た。人夫たちの歓声が沸くのを、鉄五郎は口に人差し指を立てて抑えた。

「みんな、静かにしてくれ。この中に、三善組の者はいるかい？」

「へい、あっしが一番棟梁の源六です。大旦那から、鉄五郎さんのことはよく聞いてます」

「だったら、頼みがある。大至急讀売の甚八さんと廻船問屋の作二郎さんを呼んできてくれないか」

「へい、かしこまりやした」

足の速い人夫を二人選び、使いとして走らせた。大旦那たちが店にいれば、すぐに飛んでくるはずだ。

鉄五郎の着ている小袖は、泥だらけである。この姿で牢屋に戻ることはできない。

「誰か、これと同じ小袖を買ってきてくれねえか」

どこにでも吊るしで売っているような柄である。

あっしが行きやすと、三人の鳶(とび)が手を上げた。その一人に、鉄五郎の目が向いた。

「あんたは、残ってくれねえか」

背丈が同じで、体つきも似ている。

「この人とおれ、顔が似ていると思わねえか？」

「そういえば、鉄五郎さんのほうが少し丸いくらいでよく似てまさあ」

源六の返答で、鉄五郎の考えが決まった。

「命の補償はする。二十日とちょっと、辛抱できたら日当に百両つけるぜ」

鉄五郎は、牢屋と外を出たり入ったりして動こうと思っていたが、万一のこともある。やはり、牢の中には常時いるに越したことはない。幸い、牢屋の中は暗いし、錠前を外してまで家臣は入っては来ない。薬物の昼飯も、牢格子の外から差し入れられる。

「あんた、名はなんていう？」

「へい、長太っていいやす」

土佐犬に向けてにぎり飯を投げ、家来を池に落とした男である。

「悪いが長太、おれの身代わりになってくれねえか？」

「へい、よろこんで」

百両の金か、鉄五郎の気風に押されたか、どちらか分からぬものの長太の返事は大きい。

鉄五郎になりすました長太が、事細かく指示を出され、地下牢に入ったのは、昼飯の香炉が差し入れされる少し前であった。

「――あの煙だけは嗅ぐな。体が熱くなって、頭がおかしくなる」

煙が収まるまで隣の牢屋に行ってろと、助言した。鉄五郎が錠前を外す手ほどきをすると、数回試しただけで長太は開けるこつをつかんだ。

「なかなか、泥棒の筋がいいな。そうしたら、普段は薬が効いているような振りをしていろ」

「ぐったりとしてりゃあ、いいんですね。そんなのは、容易いことで。ばれたらばれたで、頭が冒されたことにすりゃあ、誤魔化せますぜ」

長太の頼もしい言葉を聞けば、鉄五郎は全力を悪党退治に傾けることができる。

事が済むまで、穴は埋めずにおくことにする。穴掘り人夫たちに、手当てを支払い一度引き上げさせた。次に集めるのは、穴を埋めるときである。見張りのための足場はそのままにして、常時三人ほど見張らせた。誰が大高の屋敷を訪れるか、それを知るためであった。何か変事があれば、一人が鉄五郎か萬店屋に報せることになっている。

悪党退治の大仕掛けが、いよいよはじまろうとしている。鉄五郎の頭の中では、その案がまとまっていた。

## 六

長太に策を授けたあと鉄五郎は空き屋敷に移り、甚八と作二郎を相手にしていた。

すでに、大高家での経緯(いきさつ)は二人に話してある。そして話は、今後の策へと移った。

鉄五郎が気にかかるのは、黄金もどきの屋形船の出来具合である。

「それだったら、ようやく船の形にはなってきましたぜ。細かな飾りなんかは、まだついてませんがね」

深川の浜に行って、昨日出来具合を見てきたと作二郎は言う。

「期限はあと、二十日と少ししかない。一刻の猶予もないんで、屋形船が出来上がるのを待っていられなくなった。そこでだ、これから作二郎さんには、ひと働きしてもらわなくてはならない」

「それで、どうしようと？」

「旭日屋の文左衛門に、造ってる途中だが、船を見せようかと思ってる」

作二郎の問いに、鉄五郎が返した。

「それについちゃ、こう考えている」

鉄五郎は、作二郎と甚八の顔を近づけさせ、策を語った。

「そんなんで、これから旭日屋文左衛門を深川の浜に呼んできてもらいたいのだ。おれと甚さんは、先に行って待ってる」

事の仔細を知るには、旭日屋文左衛門から直に聞くのが一番手っ取り早い。鉄五郎が考えている大仕掛けには、それでも間に合うかどうかである。

「もう、一刻の猶予もない。すぐに、動き出そうぜ」

三人は立ち上がると、大川端へと向かった。元柳橋に立つと、作二郎は対岸に向けて大声を出した。向かいの本所側に、三善屋の船宿がある。二艘の川舟が、大川を横切ってきた。

一艘に作二郎が乗り、旭日屋に行くため上流に向かった。もう一艘は、川を下り江戸湾に出て、深川の浜へと舟の舳先を向けた。

旭日屋の桟橋に降りた作二郎は、文左衛門を訪ねた。

留守が懸念されたが、文左衛門はのん気に昼寝の最中であった。三善屋作二郎が来たと奉公人に告げられた文左衛門は、眠気が覚めやらぬまま上半身を起こした。

　文左衛門の居間で、作二郎は向かい合うといきなり両手を畳について詫びた。

「どうしました、三善屋さん。来る早々そんな格好をして……」

　同業であるため、二人はよく知る仲である。だが、作二郎の心の中では、これまでの付き合い方とは異なる感情をもっていた。それを、気持ちの奥に隠して作二郎は頭を上げた。

「旭日屋さんに、詫びなくてはいけないと思い、ここに来た」

「詫びってのは、どういうことで？」

「実は、旭日屋さんのあの立派な屋形船を爆破したのは、どうやら萬店屋が上げた花火のようなんで。花火大会の夜、打ち上げたのが一発不発となって、旭日屋さんの屋形船に落ち、それが翌日になって爆発したってのが分かった」

「そうだったのか」

　作二郎の話に、文左衛門がうなずいている。

「本来、萬店屋の統帥が来て直に詫びなくてはいけないのだが、とりあえずといってはなんだが、その前に手前が来たって次第だ。あの船には、五万両もかかっているんですってな」

「そんな大事な屋形船を、一発の花火がすっ飛ばしてしまった。こいつはすまないと、それと同じ船を萬店屋が造り、旭日屋さんに弁償しようと思ってる。そんなんで、石川屋さんで造った船だというので、今急いで造らせているところだ。全部できてから見せようかと思ったんだが、造りかけの途中を見てもらいたいと思いましてな」

「そういうことでしたか。どこの花火かと思ってましたが、萬店屋さんでも花火工場をもってるんですな」

「なにしろ、いろんな事業に手を出してるもんで。もしよろしければ、これから石川屋に行かれませんか？　萬店屋の統師も、そこでお待ちしていますので。ぜひ、詫びが言いたいと……」

「分かりました。あの船に、店の運をかけてましたので、それはありがたい。もう、二度と造れる船ではありませんからな」

文左衛門に、作二郎への疑いは微塵もない。

「でしたら、急いで……」

文左衛門に出かける支度をさせ、待たせてある三善屋の川舟に乗った。

「えっ、まあ……」

屋形船には、船大工が三十人ほどで取り掛かっている。

十日もかかる工程を、三日ほどで仕上げている。途轍もない早さといえる。手間と時がかかるのは、船本体ではなく、屋形に飾る装飾類である。欄間のように、細かな模様を彫る作業が傍らでなされている。宮大工と飾り職人が三十人ほどで、板を削っている。昼夜にわたる作業であった。

建屋に入った旭日屋文左衛門は、驚く目をして職人たちの作業を見やっている。

「一日でも早く、お引き渡しをしようと思いまして……」

作二郎が、文左衛門の背中に話しかけた。

「いや、ありがたい」

「それで、船の出来はいかがです？」

「ああ、船の形は同じだし、飾り物も手が込んでいる」

まがい船とはいえ、それなりに手は尽している。

「図面があったから助かるって、棟梁が言ってます。仕上げは金を施し、総漆で、豪華絢爛に仕上げるつもりです」

文左衛門に向けた方便である。

「逆に、なんとお礼を言っていいのやら……」

「礼なんていりませんよ、旭日屋さん」

文左衛門の背後から、声をかけたのは鉄五郎であった。文左衛門が振り向くも、眩しそうに目を細めている。外の光が鉄五郎の背中から差し、すぐには顔の判別がつかないようだ。

「萬店屋の、統帥です」

作二郎が、文左衛門に向けて言った。

「話は三善屋さんから聞きました。新しい船を造ってもらえれば、手前はもう何も……」

「許してもらえるのでしたら、ありがたい。ただし、これを造り上げてから旭日屋さんにお渡しするのには、一つ条件があります」

「ほう、条件とは?」

文左衛門の額に縦皺が寄り、怪訝そうな顔となった。

「そんな、たいした条件ではないのでご心配なく」

「ん……?」

目が慣れてきたか、鉄五郎の面相が分かってきているようだ。

「どこかで、見た顔、いやお会いしたような……。はて……?」

新内流しの弁天太夫とは、すぐには気づかないようだ。すると鉄五郎は、新内の一節を語りだした。

「もつれ髪取る中田圃　寝巻きながらの抱え帯……」

「えっ？　あっ！」

首を傾げるのと、驚きが同時であった。

「ええ、弁天太夫でして」

「あっ、おまえは今……」

「大高様のお屋敷で、囚われの身とでもおっしゃりたいので？　なんで、ここにいるのか不思議でしょうな」

「…………」

驚愕で、文左衛門は二の句を告げない。しかも、気づくと周りを鑿（のみ）や金槌（かなづち）をもった職人たちに囲まれている。

「もう、悪事はお見通しですぜ。だが、まだ細かいところまではよく分からない。それを、文左衛門さんからお聞きしよう思いまして、ご足労願ったたってわけでして」

「騙（だま）したのか？」

「騙したなんて、人聞きの悪いことは言わないでもらいてえ」

鉄五郎の口調が、伝法なものとなった。文左衛門の顔に、怯えが生じている。

「もともと騙して、か弱い娘さんたちを手にかけてるのはそちらさんのほうじゃござんせんか。その上に、あっしを攫って薬漬けにし、両刀使いの国王様の手籠めにさせようと思ってやがる。誰だい、その国王様ってのは？」

鉄五郎の問いは、旭日屋文左衛門を追い込むに充分な威力であった。

「そこまで、知ってるとは……」

観念したか、文左衛門の肩と膝がガクリと音を立てて崩れた。

「何もかも、話しちゃくれやせんかね。来月の十五日、伊豆は下田沖の満月の下で何をなさろうとしているんで？」

鉄五郎がさらに問うも、文左衛門はためらいを見せている。そう簡単に白状しないとは、鉄五郎も承知の上だ。だが、もう一押しだと、睨んでいる。

「大高玄之進の屋敷の離れには、娘さんたちが監禁されているんだろう？　可哀想に、千代田城の大奥じゃなくて、かの国の大奥に連れてかれるとはな。酷いことをしやがるもんだ」

鉄五郎は、情に訴えることにした。文左衛門の面相が、徐々に解けているように見えたからだ。

「おれは、離れにいる娘さんたちが泣いている声を聞いてな、なんとか救ってあげようと思った。このまんまだと文左衛門さん、あんたは本当に極悪人になっちまうぜ。ここにいる作二郎さんが言ってた。文左衛門さんは、根っから悪いお人ではないと。今だったら、娘さんたちと一緒に救ってやることができる」

「なあ、旭日屋さん。統帥の言うことを聞いたらどうだい。悪いようにはしねえと思うよ」

作二郎が、文左衛門の背中を押した。

「黙ってたって、どの道露見していることなんだ。このまだとあんた、地獄行きだぜ」

甚八のさらなる説き伏せに、文左衛門の目から涙が一滴零れ落ちた。気持ちが動いたようだ。

「分かった。なんでも話す」

心底から、観念しているのが分かる。

「だったら、訊いたことに答えちゃくれねえか？」

声を出さず、文左衛門が大きくうなずく。

「八百屋のお糸さんと、油問屋一升屋のお光さんを殺したのはなんのためだい？」

「お光さんのほうは、地下牢の外に出したとき隙を見て逃げ出してしまった。だが、薬に冒された体では逃げきることも叶わず……」

お光は栄橋の袂まで来て、とうとう命が尽きた。そのとき追ってきた侍は大高の家来で、連れて帰ることもできず咄嗟に相対死に仕立てたのだという。

「それで、お糸さんの場合は……？」

「お糸さんはもうそのときはほとんど薬でもって廃人となり、どう始末しようかと考えていた矢先だった」

そんなとき、花火師の沢治郎という男が、大高様の屋敷に忍び入りお糸さんを救い出そうとしたが、土佐犬に吠えられあえなく捕まった。沢治郎が庭で殺されたのをお糸は目にすると、その衝撃で命を落としたという。

「酷えことをしやがる」

苦渋が、鉄五郎の口から漏れた。文左衛門は、かまわず話をつづける。

「二人の死骸を、庭になんか埋めることができるはずはないでしょ」

沢治郎は顔を潰され、遠く向嶋の土手に捨てられた。そして、お糸の遺体は行き倒れとして元柳橋近くに捨て置かれた。

「ずいぶんと、御番所の探索が雑だと思えたか……」

「ええ、それも当たり前なんです」

文左衛門の語る経緯に、鉄五郎と甚八、そして作二郎の呆れ顔がそろった。北町奉行が、この一件に絡んでいると文左衛門が白状した。

「そこまで、腐ってるのかい」

鉄五郎が、吐き捨てるように言った。

話が、捕らえられている娘のことに移る。

「それで、娘さんたちは今、離れにいく人ほどいる？」

「今は五人ですが、これから新たに五人ほど連れてくると……」

鉄五郎の問いに、文左衛門は澱みなく答える。

「そんなにいるのか。みな、無事かい？」

「ええ。お光とお糸のことがありましたので、それからは慎重に扱っているようです」

「売り物に、ならなくなるからか？」

「売り物というより、かの国の国王様への賜り物として」

「同じようなもんだ。それで、おれも賜り物でってことか」

「国王様は、男前の男も好きなようで。ところで、どうして屋敷を抜け出せたので？」

文左衛門から、逆に問われた。

「おれは、萬店屋の統帥だぜ。萬店屋の力ってのを、見くびってもらっちゃ困る」

「そういうことですかい」

さらに文左衛門の肩が落ちた。もうどっちの味方についたらよいのか、気持ちは完全に切り替わっている。

「金羽織に、剣喰紋の家紋をつけたお方は、いったい誰なんだい？」

「そこまで、ご存じなので？」

「こっちが、何も知らないとでも思ってたのかい。そういえば『何も憂いはございません』とかなんとか、言ってたからな」

「あのお方は、幕府のご重鎮若年寄の森山備前守忠明様でございます」

若年寄の森山忠明は、将軍家斉公の寵愛を受けて成り上がった幕府の重鎮である。将軍の覚えがいいことで、幕府を我が物にしようと虎視眈々狙っている幕閣であった。

「森山様の狙いは、幕府を手中に収めようというものです」

文左衛門の口から、若年寄森山の野心が語られる。それを鉄五郎は、固唾を呑んで聞き入った。文左衛門の語りが、一番重要な部分に触れてきている。

「かの国の国王様ってのは、どこの国の人だい？」

「国王様とは『可瑠壱（カルピン）』という国……ご存じですか？」

「聞いたことがないな、そんな国の名」

鉄五郎は、讀売屋の壁に張ってある世界の地図を思い浮かべたが、可瑠壱という国にはまったくの覚えがなかった。

「南方の、小さな国です。ですが、そこで採取される芙麗（ふれい）という花の花弁から取れる蜜に、人の気持ちをよくする成分が含まれているのです。それを加工して、燃やすと心持ちがよくなり……ただし、摂取しすぎると心も脳も壊すという薬物なのです。その薬の名は『芙麗炎（ふれいえん）』といわれるもので、気持ちが燃えるほど熱くなるそうで」

鉄五郎も、その感覚を少し味わっている。

「可瑠壱国からその薬物を大量に仕入れ、まずは幕府の重鎮たちを薬漬けにし、ご老中たちを森山様の言いなりにさせようと企んでいるのです」

ずいぶんと浅はかな考えだと思うものの、実現しないとも限らない。もし、そんことになったら、この国はどうにかなってしまう。

「それで？」

「それが成就したあかつきには、萬店屋さんを手中に納め、手前に譲るとのことでした。そんな口車に乗せられ……とても、萬店屋の統帥になれる器でないと、鉄五郎さんを見てはっきりと分かりました」

「娘さんたちは、その芙麗炎との取引きで使われようとしてたのか？」

「ええ。国王様に娘をあてがい、その見返りに芙麗炎を大量に仕入れる魂胆です。その取引きが来月十五日の夜に、伊豆下田沖でおこなわれようとしているのです」

「そういうことだったかい」

そして鉄五郎は、思考に入った。

「……来月十五日まで、間に合うかな？」

呟きとなって、鉄五郎の口から出た。

「間に合うとは……？」

甚八が問うた。

「悪党どもを陥れる、大仕掛けですよ」

「何か、考えてるんで？」

「ええ……」

このとき鉄五郎の頭の中は、芝の浜から見た深川の景色が浮かんでいた。

「季節外れの、大花火大会をやろうかと思ってる」

「花火大会……だって？」

「ええ。これから、江戸中の花火師を掻き集めて……」

「いったい、どういったことで？」

「ここでは仕事の邪魔になる。場所を移そう」

甚八の問いに、鉄五郎は動いた。

「文左衛門さんにも、一役買ってもらうぜ」

「手前で役に立つことでしたら、なんなりと……」

　文左衛門の、大きなうなずきは本気と取れた。

「一番重要な役目だ。だったら、これから手はずに入る。文左衛門さんは、引き続き、大高たちの口車に乗っていてくれ。くれぐれも、露見しないようにな」

「かしこまりました」

　文左衛門の返事が、ことさら大きくなった。

七

翌日の朝——。

鉄五郎と共に三善屋の大旦那衆五人と大工の棟梁、そして浩太にお香代が大挙して光玉屋の花火工房に訪れたから、職人たちが驚くのは無理もない。

「どんなご用件で？」

親方の喜兵衛が、職人たちの前面に立って訊いた。尋常ではない成り行きに、日焼けした顔が歪みをもっている。

「来月の十五日、大花火大会をやってもらいたい。光玉屋の大旦那には、おれのほうからすでに話して許しを得ている。いくらかかろうが、金はすべて萬店屋が出す」

昨日のうちに、鉄五郎は光玉屋の本店を訪れ手はずをつけておいた。

「萬店屋って、あんた新内さんではないので？」

「ええ。新内流しの傍ら、萬店屋の頭領でして。あまり、人には言ってもらいたくはないんだが」

もう、黙っていてはやりづらい。鉄五郎は、今後噂が広まるのは仕方ないと、自ら身上を打ち明けることにした。

「ただし、これからやることは絶対に広言しないでもらいたい。みなさんにも、お願いしたいことだ」

花火師たちにも伝わるよう、鉄五郎は釘を刺した。

「分かりやしたんで、何をどうしたらいいのかと……？」

「沢治郎さんを殺した下手人が分かった。それと、許婚のお糸さん。そのほかにも、悪党の毒牙にかかった可哀想な娘さんが大勢いる。その意趣を花火でもって晴らしてやろうと思っている。そんなんで、みなさんに手伝ってもらいたい」

「沢治郎の敵討ちなら、みんなして手伝おうじゃねえか」

「おう！」

喜兵衛の号令に、花火師たちの声がそろった。

「ただ、これだけじゃ人数は足りない。江戸中の花火師たちを集められないかな？」

「だったら、玉屋さんも鍵屋さんも巻き込みますぜ。この業界は、みんなして助け合ってやってますから。競うのは花火の腕だけでして、切磋琢磨ってやつですな」

そこは任せろと、喜兵衛が胸を叩いた。

「でしたら、これから手はずを話します」

一同が、一つところで輪を作り、大仕掛けの手はずが語られる。まずは、お香代の口から事の次第が語られた。「酷い若年寄と旗本がいたもんだ」と、語りの途中で憤懣が聞こえてくる。

「そんな事情で、こいつらに鉄槌を食らわせたい」

「それで、花火をってことですかい？」

「ああ、そのとおり。江戸中の人たちの目を、深川の浜に向けさせる」

案と手はずを、鉄五郎の口から説いた。その突拍子もない策に、花火職人たちには目が点になる者もいれば、呆れ返る者もいる。だが、親方の喜兵衛だけは真剣に聴いている。

「おもしれえじゃねえか。花火師一世一代の、出し物を作ってやろうぜ」

喜兵衛が職人たちに、発破をかけた。

花火の仕掛けに必要な資材や職人たちの手配を、三善屋の旦那衆たちを交ぜて語り合う。その段取りが、昼前まで交わされた。

「来月の十五日まで、二十日とちょっとしかねえ。絶対に間に合わせるぜ」

花火師たちの雄叫びが、吉原田圃に響き渡った。

あとは長月十五日が、雨でないことを祈るだけだ。

長月十五日は、朝から快晴であった。

「これも、神仏のおかげだ」

鉄五郎は、空に向かって合掌した。

その前々日、黄金もどきの屋形船は出来上がり、廻船問屋三善屋の大旦那作二郎の手から、旭日屋文左衛門に引き渡された。いくぶん装飾の形と配置が異なるくらいで、見てくれの豪華さは変わりない。

「まがいものにしては、意外とよく出来たものだ」

鉄五郎はこの屋形船に、一万両を費やした。これだけの物ができれば上等だと、納得をする。

黄金まがいの屋形船を受け取った文左衛門は、長月十五日の花火大会見物に旗本大高玄之進を誘った。その日の夜、伊豆沖での取引きのため宵五ツには江戸湾の佃島沖に停泊している、旭日屋の持ち船である五百石船に乗り換えることになっている。

大高は、同乗する若年寄森山忠明に声をかけた。

「――御前様。伊豆沖に経つ前に、黄金の屋形船でまずは大花火でも見物なされ、それから五百石船にご乗船なされたらいかがですか？」

「おお、それはよい趣向だ。満月の上、取引きの日とちょうど重なったというわけか。なんとも日和がよいものだ」

舟遊びをしてから、江戸湾を抜け下田沖に向かう段取りができた。

すでに江戸中は、十五日の花火大会の噂で賑わっている。讀売三善屋が、連日にわたり花火大会の知らせを打っていたからだ。

『深川の浜で大花火大会 五町にわたる大仕掛け花火に集まれ』と、書き立てる。

讀売以外でも、知れ渡る手段があった。

長月に入って、櫓の工事がはじまった。

三善屋材木店から調達された足場用の丸太が、深川の浜沿いを筏に組まれて埋め尽くしている図は壮観だ。

深川の浜に佃島の対岸あたりから、高さ五丈の櫓が、長さおよそ五町に亘って足場のように組み立てられていく。

高さ五丈といえば、五重の塔ほどの高さがある。江戸城天主閣が焼失してから、そんな高さの建造物は江戸にはない。その許しに、鉄五郎は老中大久保忠真を介し、幕府に一万両の寄進をしている。

鳶職人およそ二百人の手により、丸太の櫓が組まれていく。工事の最中から、すでに江戸中の話題をさらっていた。

櫓が組まれ、花火師たちが現場に入ったのは三日前からであった。

竹や木筒を折り曲げたりして火薬を詰め、焔管(えんかん)を造る工程は、それぞれの花火屋の工房でなされた。

櫓に取り付ける一枠に一文字が浮き出る仕掛け花火である。その一枠が縦横六間五尺というから、相当な大きさだ。遠く、芝の浜からでも充分見ることができる。その指揮を執るのは、光玉屋の花火師が、昼夜をかけて仕掛け花火の取り付けに奮闘している。江戸中の花火師が、光玉屋の花火師喜兵衛であった。光玉屋以外にも玉屋、鍵屋、紅花屋(べにはなや)などの江戸市中の職人の手がかかっている。花火の季節ではないのが幸いするも、それより仲間である花火師の意趣返し(いしゅがえし)という大望が、職人たちを掻き立てた。

文字だけでは趣向が足りないと、櫓のてっぺんから落とす幅五町に亘る(わたる)『白糸の滝落とし』で、見物客の度肝(どぎも)を抜く趣向である。

仕掛け花火の取り付けが、完成を見せたのは十五日の夕七ツ半ごろであった。あとは、暮六ツ半の点火を待つだけであった。

江戸中が、花火で湧いている。

江戸湾の、近在の漁師がもつ漁船は花火の見物客の予約で、数日前から満杯となった。

当日の夕刻ごろから、花火櫓から五町ほど離れたくらいが一番見やすいと、江戸湾の沖は漁船と屋形船で埋め尽くされる。早く夜が来ないかと、待ちくたびれた見物客たちは、酒宴などで盛り上がっていた。

その中に、一際目立つ黄金まがいの屋形船が、停泊している五百石船に横付けされていた。花火が終わったあと、すぐに乗り込もうという算段である。

「黄金の屋形船で見てこそ、粋な趣向というものよ」

屋形船の障子を開け、朱色の杯で酒を呑みながら若年寄の森山が言った。同乗しているのは大高玄之進と旭日屋文左衛門、そしてもう一人いる。

「お奉行様も一献……」

文左衛門が酌をするのは、赴任したばかりの北町奉行田所芳継であった。この顔ぶれでは、町人が殺されてもすぐにもみ消されるのも分かる。

暮六ツを報せる鐘の音が、江戸湾にも聞こえてくる。

海上だけではない。

江戸湾に沿った海浜は、すでに人々で溢れかえっている。佃島から有明鉄砲洲、築地の浜は立錐の余地もない。さらに海岸を南に目を向ければ、浜御殿から芝の浜にも人が溢れている。さすが、三田から品川まで来るとかなり遠くなり、人の数はまばらとなった。それでも、仕掛け花火を目にすることはできる。江戸中から人が、江戸湾岸に集まった。その数、ざっと二十万はいるだろう。江戸の人口の五分の一にあたる人が花火見物に集まった。

日が落ち、地上を照らすのは満月だけとなった。

「いよいよだな」

鉄五郎は、花火の点火を三善屋の菱垣廻船である五百石船に乗って見ている。

旭日屋の船からは、三町ほど東側に碇を下ろしている。花火も相手の動向もよく見て取れる。同乗するのは松千代と、讀売屋の甚八に浩太とお香代。そして、たまには息抜きと、萬店屋の多左衛門と清吉を誘っている。

海は、凪だ。

絶好の、花火見物の夜となった。

打ち上げ花火が、前座を務める。

ドドーンと、景気づけに五発連発で打ち上がったのが合図であった。

「よし、点火だ」

喜兵衛の合図で、焔管に火が移される。すると、櫓のてっぺんから白糸の滝となって、西から東に向け、五町に亘って流れ落ちる。その凄まじさに「うわーっ」という江戸中に響き渡るほどの大歓声が、海上から芝の海岸にかけて一斉に湧き起こった。

「さてと、これからだぜ」

鉄五郎たちの目が、そろって深川の海岸に向いている。白糸の滝が鎮まりを見せたあと、一文字目が暗闇の中に浮かび上がった。

「わ」と、その文字を見物客全員が声に出して読む。次に浮かぶのは「か」となる。

『わかとしよりもりやま』ときたところで、森山忠明は声に出すのをやめた。

「なんだあれは？」

問う間にも、文字は順に間断なく浮かび上がる。

『わかとしよりもりやまとはたもとおおたかげんのしんのあくじゆるさずてんちゅうをくだす』

最後まで読むのを待たず森山忠明と大高玄之進、田所芳継、そして旭日屋文左衛門は屋形船から五百石船へと乗り移った。

「早く船を出せ」

大高の号令で、船が動き出す。

「いったい、どういうことだ、大高？」

「いえ、身共（みども）にはなんとも。どうしたことだ、旭日屋？」

問いが、文左衛門にかかった。

「いえ、手前にもなんとも……」

首を傾げて、文左衛門は考えている風だ。

「もういい。一刻も早く下田沖に行って、ブツを手に入れるのだ。さすれば、何を言われようと権勢はこっちに巡ってくる」

「全速力で、下田沖へ向かえ」

大高の大声が響きわたり、五百石船に帆が張られる。

## 八

旭日屋の船が動き出した。

「動き出しました」

見張りの報せが届き、鉄五郎たちの乗った船も動き出す。旭日屋の船より、少し前を進む。木更津の町はすでに、寝静まっている。満月の明かりが、ぼんやりと陸を照らしている。

船は、江戸湾の中ほどを進んでいる。やがて月明かりの中に、富津岬の陰が目に入った。尖がった半島の先端に、航路灯台の灯りが灯っている。船は、浦賀水道に差し掛かった。

富津岬から三浦半島の観音崎までを結ぶと、およそ一里である。江戸湾の、出入り口にあたる。

そこには、老中大久保忠真から下命された船手奉行向井将監のもとから差し向けられた幕府の軍用船が、二町刻みで航路を塞いでいた。

鉄五郎が、大久保忠真に打診して配備させたものだ。

一際大きな船に、大久保忠真と船手奉行向井将監が乗り合わせている。

鉄五郎の船が近づくと、合図を送ってきた。

うしろ二町につく旭日屋の船が、行く手を遮られ帆を後進に張り直した。向井将監たちの船が遠巻きにする。やがて、逃亡をあきらめたか、旭日屋の船は帆を降ろし江戸湾の真ん中で停まった。

鉄五郎が三味線を背負い、真っ先に旭日屋の船に乗り移った。

甲板に立つと鉄五郎は、べべベンと撥でもって、三味線の一の糸を鳴らした。そして、前奏を奏でるとうしろから二上がり三味線の音が聞こえてきた。

「新内流しは、お一人じゃできませんわよ」

ついてきたのは松千代であった。

「危ねえぞ」

「一蓮托生って、いつも言ってるじゃないさ」

「しょうがねえな。だったら、今作った出し物をやるぞ」

新内流しの相方は、即興にも対応できなければ一流といえない。そこが、息が合うといわれる所以である。

しばらく前弾きがあって、鉄五郎の語りとなる。

〽どこまであたしを泣かせるのさあ
　ついていきたいやるせなさ
陸と海とに引き裂かれ　今宵の船は下田沖

いずれ異国の露と消え……

そこまで語ったところで、鉄五郎と松千代の三味線は止まった。三人の武士が、横並びとなって鉄五郎の前に立ったからだ。

「なんだ、こいつらは？」

「お客さんが、お出ましだねえ。おや、真ん中に立つのは若年寄の森山様でございますね」

一番目立つ衣装を着込んだ武士に向けて、鉄五郎が話しかけた。

「こやつ……？」

口にしたのは、隣に立つ大高玄之進であった。

「おや、大高様は不思議な顔をなされて。手前が牢屋の中にでもいるとお思いでしたかい？」

「だったら、あやつは誰なんだ？」

すでに、十人ほどの大高の家来に囲まれている。すべての家来の首が傾いだ。互いに顔を見合させ、不思議がっている。

「もう、お一方には見覚えがございませんねえ。ですが、お名だけは存じてますぜ。

もしや、北町のお奉行田所様ではございませんか？」

「なぜに、わしの名を知っておる？」

　鉄五郎とは、初顔合わせである。

「すみません。手前が教えたものでして……」

　三人の背後から、声を発したのは旭日屋文左衛門であった。

「なんだと！　旭日屋、きさまー」

　鬼の形相で、大高が文左衛門を睨みつける。

「すいません。手前は悪事に耐えられず……」

　言って文左衛門は、鉄五郎の背後に回った。

「いいからこやつらを、殺ってしまえ！」

　森山の号令が、大高の家来に飛んだ。すでに、家来たちは抜刀して、鉄五郎に狙いを定めている。

「お松、三味線を頼む。それと、文左衛門さんと隠れていろ」

「あいよ」

　鉄五郎一人が、三味線の撥で十人の家来を相手にする。刀を一本奪えれば、あとは相手にできる。鉄五郎は、腰の引けている家来に狙いを定め、撥を振り下ろした。スパッとした感触が手に伝わる。同時に、家来の手から刀が落ち、斬られた袖口から血が滴り落ちた。

鉄五郎は、咄嗟に刀を拾うと腰脇に構えた。やくざに習った喧嘩殺法である。殺してはならぬと、刃を返し棟で打つ構えを取った。

平穏な世に育った侍たちである。見たところ、武芸に秀でた者はいそうもない。強いていえば、大高玄之進が手強そうだ。

鉄五郎が、三人を倒したところで、大高が前に出てきた。

「おまえらでは、こいつの相手にはならん」

大高が、自分が相手になると刀を抜いた。

「まだ、抵抗なさろうってんですかい？」

「おまえは、何者だ？」

「しがない、新内流しでござんすよ。だけど、悪事だけは許しませんぜ。しかも、おれを国王様の人身御供にしようなんて、とんでもねえ了見だ。だから、捕まってもらうのよ。あの仕掛け花火を見て、まだお気づきにならねえのですかい？」

鉄五郎が、刀を構えているそこに、背後から声がかかる。

「鉄五郎、そこまでだ」

森山忠明の、驚愕する様子に声の主が分かった。

「ご老中、直々のお出ましでございますか？」

「あとは、任せてくれんかな、鉄五郎」

老中大久保忠真の背後に控えているのは、老中支配の大目付と船手奉行向井将監の捕り方たちであった。

「森山と田所、それと大高玄之進、観念せい。すべての目論見（もくろみ）は露見しておるぞ」

首謀者三人と、大高の家来たちには早縄が打たれ、船底へと閉じ込められた。

旭日屋文左衛門が、甲板でひれ伏している。

「すまなかった……」

涙ながらの謝罪が、鉄五郎に向けられている。

「お光さんとお糸さんには、本当にすまないことをした。それと、娘さんたちにもなんとお詫びを言っていいものか。罪滅ぼしといってはなんですが、知っていることは、すべてお白洲でもって白状します。手前はこれで死罪になり、財産も没収されるでしょうが、鉄五郎さんに一つだけ頼みがあります」

「なんなりと、言ってください。ご家族のことですか？」

「いや、家内と倅はこれまでさんざっぱら甘やかしてきた。これからは、苦労を味わってもらう。それよりも、奉公人たちのことです。あの者たちには、なんの罪もない。そこで頼みたいのは……」

「分かっていますよ、文左衛門さん。旭日屋の奉公人は、全員萬店屋で預かりますから心配しなくてもいいですぜ」

「そう言ってもらうと、ありがたい。本当に、申しわけなかった」

文左衛門が甲板に額を擦りつけて詫びるのを、捕り方役人が両腕を抱えて立ち上がらせた。

早縄が打たれて引き立てられていく文左衛門のうしろ姿を、鉄五郎たちは黙って見やっていた。

しばらくして船底から出てきたのは、十人の娘たちであった。みな、二十歳以下の見目麗しい娘であったが、長い間の監禁で姿がやつれている。その中に一人、男が交じっていた。

「長太、ご苦労だったな。よく、辛抱してくれた」

鉄五郎が、長太を労った。

不思議なのは、げっそりとしているが、薬漬けにされているにしては、娘たちはいたって正気である。

「長太さんに、助けていただきました」

娘の一人が、その経緯を語る。長太が地下牢を抜け出し、隙を見て離れへとやってきて、娘たちを励ましたという。

「うまく煙から避けて、芙麗炎の難から逃れたってわけでさあ。与えすぎてはいけないと、煙の量が少なかったのも幸いしましたけどね」

「そうか、おれは隣の牢屋に移って難を逃れていたが、長太のほうが機転が利いたな」

鉄五郎は、長太の手腕を褒めた。

「あとは、家に戻ってゆっくり養生すればいいわよ」

隠れていた松千代が出てきて言った。

旭日屋の船はそのまま戻り、霊岸島（れいがんじま）にある向井将監の桟橋に着いた。そこで、囚われた者はみなおろされ、老中大久保たちも降りた。

五百石船は、その先には進めない。鉄五郎たちは、黄金もどきの屋形船に乗り移った。船頭たちとは別に、二十人が乗り込める大きな屋形船である。

「まあ、眩しい屋形船だこと」

松千代が、目をしばたたかせて言った。

「こんな船、よく造ったもんだ。いらねえぜ、こんなもの」

一万両もかかったが、これからは一文の役にも立たないと鉄五郎が吐き捨てた。

讀売屋の甚八が口にする。

「浩太にお香代、これから戻って夜通しで記事にするぞ」

「へい。見てきたことを、余すことなく書いてやりますぜ」

「あさってには、江戸に悪事が晒されます」

浩太とお香代が、腕をめくって甚八の発破に乗った。

「お松。せっかく屋形船に乗ってるんだ。一節、新内でも聴かせてやるかい」

「ようござんすねえ」

甚八が、鉄五郎に相槌を打った。

「それでは、お粗末ながら……」

と一口加え、鉄五郎が三味線を弾き出す。少し遅れて、松千代が細棹三味線を合わせた。

語りに入ろうとしたところで、鉄五郎の三味線が止まった。

「駄目だ、こんな金ぴかの船じゃ、情緒もくそもありゃしねえ」

黄金もどきの屋形船は、何ごともなかったように隅田川を遡っていく。新大橋が見える手前で、船は川幅六間の浜町堀に梶を取った。そこから、六町ほど奥に入ると、高砂町である。今夜は萬店屋の屋敷で、娘たちをゆっくり休ませることにしてある。

甚八たちは讀売屋に戻り、夜通し仕事である。

身代わりとなった長太は、鉄五郎と松千代の家で、酒盛りをしようということになった。

「そうだ、長太に渡すものがあった」

鉄五郎は長太に渡そうと、百両の金を用意してある。別間にしまっておいたのを取りに行き、長太の膝もとに置いた。

「いりませんぜ、鉄五郎さん。その代わり、俺を子分にしてくれやせんか？」

長太に問われ、鉄五郎は杯に注がれた酒を呷った。そして、おもむろに言う。

「おれとお松は、新内流しだぜ。子分はいらねえが、弟子としてなら取るぜ。この金で、三味線を買ってきな」

鉄五郎は返された百両を、長太の膝元につき返した。

「さいですかい。そしたら……」

その夜、途轍もなく下手な三味線の音が名月の下、鉄五郎の家の中から聞こえてきた。長太を、弟子に取るかどうか、鉄五郎と松千代は迷っている。

二見時代小説文庫

# 黄金の屋形船 大仕掛け 悪党狩り2

著者　沖田正午

発行所　株式会社 二見書房
東京都千代田区神田三崎町二－一八－一一
電話　〇三－三五一五－二三一一［営業］
〇三－三五一五－二三一三［編集］
振替　〇〇一七〇－四－二六三九

印刷　株式会社 堀内印刷所
製本　株式会社 村上製本所


ISBN978－4－576－19136－2
https://www.futami.co.jp/